花城年选系列

HUACHENG NIANXUANXILIE

2019中国散文诗年选

王幅明 陈惠琼 编选

中国文学年度盛宴 人文华夏气象万千

SPM 南方出版传媒 花城出版社

中国·广州

图书在版编目（CIP）数据

2019中国散文诗年选 / 王幅明，陈惠琼编选. -- 广州 : 花城出版社，2020.1
（花城年选系列）
ISBN 978-7-5360-9129-0

Ⅰ. ①2… Ⅱ. ①王… ②陈… Ⅲ. ①散文诗－诗集－中国－当代 Ⅳ. ①I227.6

中国版本图书馆CIP数据核字(2020)第002932号

出 版 人：肖延兵
责任编辑：李珊珊　蔡　安　欧阳蘅
技术编辑：薛伟民　凌春梅
封面设计：

书　　名　2019 中国散文诗年选
　　　　　2019 ZHONGGUO SANWENSHI NIANXUAN
出版发行　花城出版社
　　　　　（广州市环市东路水荫路 11 号）
经　　销　全国新华书店
印　　刷　佛山市浩文彩色印刷有限公司
　　　　　（广东省佛山市南海区狮山科技工业园 A 区）
开　　本　787 毫米×1092 毫米　16 开
印　　张　16.75　1 插页
字　　数　250,000 字
版　　次　2020 年 1 月第 1 版　2020 年 1 月第 1 次印刷
定　　价　48.00 元

如发现印装质量问题，请直接与印刷厂联系调换。
购书热线：020－37604658　37602954
花城出版社网站：http://www.fcph.com.cn

编委会

编选 王幅明 陈惠琼

序 陈惠琼

编委 钟建平 唐成茂 柳成荫 黄伟华 刘小红
莫鸣小猪 刘振炎 王成钊 周鹏程 徐孝先
唐雪群 罗铭恩 徐慧根 黄宏欣 盘金生
谢应明 杨祥龙

| 目录 |

辑二　碰撞的声音

辑三　起伏的音界

辑四　网风的馨香

语言在作者体内“涟漪”

——序《2019中国散文诗年选》

_陈惠琼

中国散文诗已过一百年的历程。散文诗是语言艺术，散文诗的语言一定要保持自己的审美个性，语言就是生命力。

诗就是诗，散文就是散文，散文诗就是散文诗，各有其语言。

散文诗的创作过程“寻语言”，即是在诗意内涵上下功夫。

诚然，散文诗的灵魂正是诗。

本年，是新中国的文学七十年，仿佛时光的微笑在作品里荡漾。

眼前年选出现的优秀作品，一股散文诗的泉流，流光溢彩，又可说是语言的舞蹈！

刘虔先生散文诗《九月的预言》（节选）：

抗日。抗日。燃起烛天的火把向着黑夜驱驰而去。烽火泪花，重建废墟上的中华。荆棘残垣，应是魔鬼的家。正是这个日子锁闭着嗜血的落日，熔铸了普照人间的光明……（写在“九七”抗战胜利纪念日，七万羽白鸽飞过天安门）

散文诗《九月的预言》，作者把语言柔出声音，把语言从夜晚推向白昼，把语言的窗口开向祖国。闪耀着胜利和令人振奋的光焰。

王剑冰的散文诗《文成组章》（节选）：

在那一个个石头缝隙，在那一片片山崖边上，她们拥挤着生命的疼，争取着一次尽情。

不知从哪里走来的女子，比我来得还早，早就在有花的地方，嘻嘻呵呵地摆形，女子也是喜欢早晨的，也更喜欢花。

沿着花儿铺就的路标，能走到愈加明亮的地方。

我想写写花儿，埋了一个冬天，有着许多的不忍与不易。

也许再一天的夜雨，她们又被埋进了缝隙。

如果把《天鹅堡山庄的早晨》按新诗的各式分行写，不会给我们以新诗的感受，它本来就具有原散文诗的美。与思绪、生活、事物一样自然，显得亲切，它的感情、想象、意境，有个性特征，有自己独特价值，引起读者的共鸣。

耿林莽先生的散文诗《浮舟行》（节选）：

一泓激浪横拍高岸，
一抹闪电耀目如箭。
前面又是险滩——
你奋然而立，发出一声沉雷似的呼唤。
（有生以来从未有过如此壮阔的呼唤）
倾出全身之力，撑起手中巨竿，
抵住那岸，抵住那岸，
浮舟越过了险滩，飘然而去，飘然而去了。

那一只萤还在江面上翱翔，翱翔，点燃生命的亮色，为你引航。

散文诗《浮舟行》别具一格，有创造性的语言，而创造性的语言是最难的，赋予此散文诗特殊的魅力。

黄亚洲先生的散文诗《东莞，西溪古村》（节选）：

我看见了遍布全村的会讲故事的砖雕，看见了远近闻名的蓝印花蜡染，也在村口古榕下，看见了满地跑动的幼童，以及一排排的轿车与摩托。

骨盆壮硕的榕树是厉害的，它能分娩一个时代，而且，一辈辈的，都是自然分娩，不是剖宫产。

散文诗《东莞，西溪古村》骨子里有一种深广的情感，具行云流水之美，随意自然，强有力地放映了时代精神。

王幅明先生散文诗《首阳山的高度》(节选)：

以儒家的道德观测量首阳山，堪称士人风骨的高峰。

站在首阳山顶，可以鸟瞰被称为“最早中国”的夏都宫殿。

以文明源头测量首阳山，它无愧于华夏文明史的重山之巅。

散文诗《首阳山的高度》，语言厚重，富于立体感，然而又不乏感性。

西中扬先生的散文诗《被武当山托举的感受》：

想着飞翔，是登上武当山引发的思绪。

沉重的脚步，往往造成体态的轻盈，热血涌流，细胞振奋，仿佛要长出翅膀。

肉体是长不出翅膀的，但灵魂却会飞翔。

越向上越高危逼仄，而心胸和世界却变得越来越大，大到世界就是心胸，心胸就是世界。

有幸，武当山在我脚下。

更有幸，武当山把我托举到云空。

不闻仙乐缥缈。

但觉眼前无界无碍！

散文诗《被武当山托举的感受》具有以一当十的张力，有说不尽的内容寓藏在虚与实。带有凝练过的更高的浓缩感，但作者的思想和情怀仍需发挥。

周庆荣的散文诗《我的童年地理》（节选）：

记住：童年地理永远拒绝修辞。

我不是简单地把真相和档案对立，我为一种倾向担心，胭脂用在自己的出处，然后，那个最初的环境给过我们的生命，它会委屈？

立秋之夜的北方，我仰头望月。

好月亮，梯田状的白云没有干扰月亮的皎洁。

今晚，月亮的地理似乎充分客观，秋天的夜空就应该这样。而秋天到来时，有人称呼我为爷爷。爷爷站在远离故土的北方，他开始回忆童年。

散文诗《我的童年地理》，是心灵的表现总是强于外在世界的再现，推出画面，容量却为之扩展的效果。随之而来的新思维方式，与作者本人尝试习惯合拍，得心应手。

灵焚的散文诗《月光》（节选）：

我不要破碎的。

不要水面上的那些，那些颤抖不是真的。

不要指尖上奔跑的；不要弦上如歌如泣的……这些都不要。

即使悲伤，也要完整的、冷的、表面上若无其事的。

所以我只用大地接受你来过，接受你花瓣里的远，而呼唤却在深一脚浅一脚走近。

散文诗《月光》，这种隐喻与暗示，比直抒胸臆来，另富一种感染力。作者的想象力，不落俗套，另辟蹊径，给读者以丰富的美的享受。

钟建平先生《香炉湾絮语》（节选）：

沧桑的脸庞见证沧海桑田
思绪里写满起伏跌宕时光
……

那些消失事物才是永恒的
所有存在都必然流逝不居

散文诗《香炉湾絮语》凝练、浓缩的哲思句，容量大，句与句之间的跳跃，句与句之间的承接，简洁而有力。

柳成荫先生的散文诗《走向香雪》（节选）：

挽一路春日明媚，走向了香雪。

以雪的质地与色彩，用香的味道与精神，筑成令人怦然心动的乌托邦。

满目冰姿，暗香浮动。横斜疏影，仙风飘逸。

每一步，每一处，仿佛唐诗蝶飞，宋词云动。黛山相映梅尤洁，流溪作伴径更幽。

香雪，应似一个人的名字，伫立于幽谷，或在水一方。

期待芬芳谁的归程。

散文诗《走向香雪》，作者连绵不断的浮想、思念，极相合拍而浑然一体，采用的完全是另一种色调的语汇，达到了另一种清晰的高度。

姚园女士的散文诗《一席文字之外的声音》（节选）：

曾经绕着广州大剧院转了一圈，发现没有一个醒目的标志在屹立，这抑或与人相似，有底气的人不需要名片。

曾经用500泰铢换取一张去大皇宫的门票，在拥挤的人群中张望，看到的是我们看不到的一面。

但胜过在原地打转。

只是去任何一个地方好像都需要心情的引领。

看似心如止水的人，从某种角度来说，比欲望丛生的人可怕。

有些人宛若说变则变的天气。

亦始终觉得一个人无论是被鲜花蜂拥，还是身陷低谷难以自拔，其实都是孤独的。一个人不管是借助什么渠道、媒介传递出来的东西，是不是跨越了岁月的藩篱，是不是在人们的心海里不息地流淌，都可能像一袭风的经过。

散文诗《一席文字之外的声音》，一种真挚的情感，有时含蓄，有时赤裸裸地展示作者的胸襟。

我愿意看见本年选里的散文诗句，都是作者的心语与创造。

2019 年 12 月

辑一　大地的璀璨

九月的预言

_刘虔

九月的预言

九月。夜色消融后。一群野鸽在云天上起落。那里有草原上打马驰骋的辽阔。那里的辽阔是内心的辽阔。那里的鸿雁离春天不远，年年驮着草原的严寒迁往温暖之所，一任寂寞黄昏守候黄叶飘零的村落。夕阳西下时，漫长的河岸拢住了波浪。薰衣香草猩红月白，被秋风吹醒。九月，一展天高地远的豪放。九月是醉了的红高粱。九月只有预言，收藏起种子一生的荣辱、饥渴与欢乐，最懂土地绵延不居的命脉。把摸住秋后冬月的血涌，虽然是白雪茫茫，却拒绝了内心的忧伤。九月，住在九月的村庄里，继续着每天的日出，月落，放牧，赶场。九月，铆住严寒的侵袭，收获了最后的念想……

九月的日落

这个日子是有福的。因为这日子的照耀，来到世间的和平走过七十年的命运。还能走过多久？世间的人们期待更高更久远的运程。这个日子也结满了仇怨，不得不把血储存在记忆里，只想每一天的路上都有花开的春风。这个日子有祈祷的歌声，四面传送，八方接应，伴和着七万羽鸽哨，要在每一片屋顶踏歌起舞，盘桓在所有未来日子的峰巅，喊醒每一个女人柔情洋溢的黑夜，叩拜每一个如约而至的男人的黎明。抗日。抗日。燃起烛天的火把向着黑夜驱驰而去。烽火泪花，重建废墟上的中华。荆棘残垣，应是魔鬼的家。正是这个日子锁闭着嗜血的落日，熔铸了普照人间的光明……（写在“九七”抗战胜利纪念日，七万羽白鸽飞过天安门）

（选自《刘虔的文学世界》，光明日报出版社）

文成组章

_王剑冰

安福寺

这里一切都太静，静得怕被一根松针捅破。
真的，你看薄如蝉翼的阳光，卡在松间不敢松动。
不知从哪里撞来的群蜂，即使找不到出路也不吱声。

山门虚掩，将一篱笆的野花泄露出来。
高一枝、低一枝的颜色，构成无序的清淡。
还有一池子野水，早已溢满安妥的时光。而且，还在溢着。

风在小声说话，一棵树在它的旁边，默默歪着身子，将年轮又圆了一圈。
树已经走过了无数冬天，尽管这里的冬天不下雪。
树高过风的时候，风只能在树叶子里迷向。

寺内有一棵棵这样的树，它们都在积聚着力量，一寸寸长成佛需要的形象。
钟恰在这时敲响，响得风静山空，响得千年菩提，一叶叶落了金黄。
风翻动一下，又翻动一下，也没能将哪片叶子，真正翻动。

一个来自天涯海角的旅人，扶着晨光。

一只脚迈进门里，一只脚还在门外。

百丈漈

春的山顶，想望奔涌。悬崖在前，在所不惜。

是怎样的一种呼唤，怎样的一种不舍？

纵身一跃，就完成了那个漈吗？就成就了那个漈吗？

水烟迷人眼，看不清竟有多少洒脱，多少淋漓。

喧嚣，有时是会让你安静的，是会让你清醒的。

瀑的喧嚣即是如此。

喧嚣之外，是尘烟的粉墙，无数无奈撞击其上，撞成更加的无奈。

一群的水，一群水做的女子，叠拥着透薄洁白的轻纱，散发着与生俱来的清香，欲仙欲死，欲死欲仙。

是的，她们是百丈漈的女子，在目光里变成倾城的风，倾城的雨，倾城的泪滴。

变成一群的文字，一群的诗。

文成公走了七百年，文成公的声音还在高崖上回响：

“神仙下天阙，左右翳玉虹。”

水能流多长，时光就能流多长。

并非注定的念想，却是注定的遇见。

文成的百丈漈，箭镞一样，

将百千丈外的心，击伤。

刘基故里

先生那个时候写池塘，是“雨过不知龙去处，一池草色万蛙鸣”。

那是更加乡村的池塘了。那池草色清新而鲜艳，每一枚叶片上，都沾着蛙声。

我想着先生的思绪，一定全在了那蛙的鸣唱中。

那是乡间的情感，是一个人最初的情感，认识母亲一样的情感。

无论走到哪里，走到多远，都会走进这种情感中。

我来先生故里，会找那带有草色的池塘，池塘边，一定还有先生的足迹。

如今的池塘，荷花在供养着蛙鸣，七百年前的一只蜻蜓，在残荷上试着微风。

先生从这里走出去，走得太远太疲累，以致回来时，带有了无尽的沧桑。

实际上，家乡的那些蛙最了解世事。

无论多么大的池塘，无论这池塘中有没有粲然的荷花，都是无所谓的。

这一点先生是体会到了的，而对于雨的理解，蛙和先生理解得也更透彻。

雨来雨去，雨大雨小，都不妨碍蛙的鸣唱。

还有那龙，也是不会妨碍蛙的鸣唱。

月夜，再去看屋后那个池塘。

荷已败落，仍然是绿草蓬茸，每一个叶片都涂满了月光。

怕惊扰了蛙鸣，脚步放得极轻。

看着的时候，心里那个地方还是有些疼。

想到一个如此功绩的人，也会有那种感慨，“万里封侯，八珍鼎食，何如故乡”。

先生最终还是归了故里，先生是在蛙的鸣唱中睡着的。

他，睡得很香。

红枫古道

虽然岁月瘦成了一段苍老和斑驳，但是记忆还在。

这段记忆本来就瘦，瘦，却不弱。

它担着一座山呢。

实际上，是担着山这边和山那边的念想。

在这条道上，所有的时间都是过客。

我能看到历史的背影，很多人为这背影感伤。

颠簸的乡愁，始终在道上。

道，不说任何理由。

红枫一页页储存着那些孤旅和独白。

这条道上，摇曳着稻畦和炊烟的芬芳。
越来越苍老的村庄，始终坐在路口。
寒冷浸入月光。远行的人，已经习惯夜空的眺望。
枫叶又一次红了。
你不来，枫叶落成了雨。
柔软的思念，将五十二岭都覆满。

开往春天的文成号

开往春天的文成号，正穿过一片田野。
畦边采花的小女跳着嚷着。
站在田里的爷爷遮眼，好快呀，比打闪还快。

开往春天的文成号，正奔向横空出世的地方。
迎春花、山茶花，更多的是油菜花，以及油菜花后面的桃花，
组成一道明媚，等着亮你的惊异。
溪流与飞鸟正在呢喃，远天的霞光，早撩起一副娇颜。
其实起伏的岩峰后面，还不知躲着多少秘密。
就像雷鸣的百丈漈，以一帘幽梦，遮住了文成无尽的典藏。

开往春天的文成号，正射穿一座座山峦。
坐在其中你就坐在了春风里，坐在鸭绿鹅黄里，坐在可人的馨香里。
那里有黄鹂一两声，新燕啄春泥；
那里有两岸青山相对出，有客舍青青柳色新；
那里有春江潮水连海平，有野渡无人舟自横。

开往春天的文成号，会让你有一种彻底的错觉。
不过这不要紧，到了这里，错觉是会经常发生的。
你会发现，这些都是文成公那时即存在的一种真实。
一切，都等着你挥洒生命的能量。
你没看，车里车外，到处都是微笑，像春天里那些好看的花。
对着你我。

天鹅堡山庄的早晨

我想写写那些花儿，真的，我不知道她们是些什么花，如果是另一颗种子，她们也许长成了一片森林。

但是她们没有，她们长成了一片花，矮小的爱笑的花。

在这个早晨，花儿们造成了阳光的迷乱，造成了风的迷乱，也造成了人的迷乱。

我在阳光里看着花儿，不知道究竟是以阳光的红还是白来形容她们，不知道究竟是拿露的衣还是风的裙来形容她们。

在那一个个石头缝隙，在那一片片山崖边上，她们拥挤着生命的疼，争取着一次尽情。

不知从哪里走来的女子，比我来得还早，早就在有花的地方，嘻嘻呵呵地摆形，女子也是喜欢早晨的，也更喜欢花。

沿着花儿铺就的路标，能走到愈加明亮的地方。

我想写写花儿，埋了一个冬天，有着许多的不忍与不易。

也许再一天的夜雨，她们又被埋进了缝隙。

（选自《散文诗》2019 年第 7 期）

石拱桥

_海梦

石拱桥，横卧街心小溪，千年不倒，万年不腐。让人们从你脊背上走过，留满了追梦的脚印。

其实，你也有个难圆的美梦。一半真实，一半朦胧。远看，好像一轮初升的太阳；近看，宛如淡云半遮的月亮。但微风一吹，你的梦又成泡影，总是难以成真。

本来，你可以去造典雅的宫殿，有美女鲜花相伴，或许立一道生命的丰碑，让人们另眼相看……但，你把机会都让给了他人，默默地在这儿无私地奉献。人们需要你，热爱你，对你表示敬意。但，你的伟大不在于把自己献给那些追梦的脚印，而是在风雨中经受住了时间的考验，不管世界有多大变化，你都顶着日月星辰，坚守自己的意志和信念不变。

（选自《散文诗人报》2019 年总第 50 期）

浮舟行

_耿林莽

一、悬棺

两岸高山，劈面而来。

削壁凌空，倒悬着铁松，紫杉。腾云驾雾，一具具悬棺黑马似的高高耸立，

没有生命的生命，

不甘死亡的死亡，

先民们逃离地狱的遁走，

船夫水手们妄念天国的攀缘。

风化为石，为苔藓之青苍，为紫檀木的凝重，为苍鹰垂翅的翱翔，为一种废墟危楼坍塌前的倾斜。人迹难及的绝壁之上，死亡横空而卧。

谁能打得开那一无缝隙的棺盖？

空空如也，空空如也。

没有灵魂的躯壳，尚有一节无名手指的断骨残留着么？

失去的生命虚构着一种无。

并不存在的“在者”虚构着一种无。

高高在上，压迫人间。

二、浮舟

舟子，这时候你浮舟而下了。这时候你正泊舟于危崖之前，这时候你昂立于小小的船板之上，仰望着虚空中那一黑色的孤悬。

你有一种茫然的惊悸，

你有一种空蒙的惶惑。

你有一种发自内心的空虚，

你有一种对于死亡的忧惧。

可望而不可即的悬棺，是在那里召唤你么？

三、流萤

你的眼睛亮了一下。

一只萤，一只萤翩然而来。从崖壁之上，从遥空，从那悬棺的边侧飞来。

一只萤，亮晶晶的眼睛。

一只萤，亡灵棺椁前的一盏孤灯，几千年岁月的幽灵，原始生命的津液，或是高高悬棺边一茎腐草的魂？

一只萤飘然而来，

死亡的终极是死亡，

生命的幻化是生命。

在悬棺与浮舟之间，在死亡与生命之间，在时间与空间永恒的流动之间穿行，

一只萤，

翩翩而飞，翩翩而舞，翩翩而行。

四、越过

一泓激浪横拍高岸，
一抹闪电耀目如箭。
前面又是险滩——
你奋然而立，发出一声沉雷似的呼唤。
（有生以来从未有过如此壮阔的呼唤）
倾出全身之力，撑起手中巨竿，
抵住那岸，抵住那岸，
浮舟越过了险滩，飘然而去，飘然而去了。

那一只萤还在江面上翱翔，翱翔，点燃生命的亮色，为你引航。

（选自《大沽河》2019年第3期）

首阳山的高度（外一章）

_ 王幅明

未登首阳山，已知首阳之高。

邙山在偃师境内的最高处，日光先及，故有此名。但它的海拔毕竟只有三百多米，在中国众多的名山之中，应该是名副其实的小弟。

首阳山的高度，有着不同的测量标准。

灿若星辰的历代君主、贤士在这里留下足迹，或长眠于此。商朝末年，相互礼让天下，扣马谏阻武王伐纣的孤竹国二君子伯夷、叔齐，耻食周粟，隐居首阳山，靠采食野菜为生，最终饿死在此。首阳山因此名声大振。

以儒家的道德观测量首阳山，堪称士人风骨的高峰。

站在首阳山顶，可以鸟瞰被称为“最早中国”的夏都宫殿。

以文明源头测量首阳山，它无愧于华夏文明史的重山之巅。

夏朝的王爵

二里头，一个方圆不出二里的小小村庄，因为湮埋着3700年前的夏王朝都邑斟鄩，让世界为之刮目。

10年前曾来此村造访。在夏都遗址的田野里，寻觅祖先的踪迹。而今，田野已变成工地。一座浩大的夏都遗址博物馆，正在揭顶。

二里头遗址有许多重大发现：中国最早的“紫禁城”——宫城。中国最早的城市主干道网。中国最早的车辙。中国最早的大型“四合院”、多进院落宫室建筑群。首次在宫殿区发现贵族墓中的绿松石龙形器，学者命名为“中国龙”。中国最早的国家级祭祀场。中国最早的青铜礼器鼎“华夏第一鼎”。中国最早的青铜爵“华夏第一王爵”。

铜爵是中国青铜器中最具代表性的饮酒礼器。夏人将铜爵作为特殊身份的标志。

夏人崇酒，沉湎于酒。到了夏桀的时代，饮酒之风更盛，他淫溺享乐，不祭祀祖先，却用酒灌池，所谓“桀为酒池可以运舟，糟丘足以望十里”。最终，夏亡于桀。

青铜爵作为夏王朝的一个标志性器具，出现在偃师宾馆的最醒目处。

久久望着“华夏第一王爵”，心情突然变得沉重。

想起一句广告语：

美酒虽好，请不要贪杯！

（选自《星星·散文诗》2019年第5期）

被武当山托举的感受（外二章）

_西中扬

想着飞翔，是登上武当山引发的思绪。

沉重的脚步，往往造成体态的轻盈，热血涌流，细胞振奋，仿佛要长出翅膀。

肉体是长不出翅膀的，但灵魂却会飞翔。

越向上越高危逼仄，而心胸和世界却变得越来越大，大到世界就是心胸，心胸就是世界。

有幸，武当山在我脚下。

更有幸，武当山把我托举到云空。

不闻仙乐缥缈。

但觉眼前无界无碍！

将树比心

假如树也忧烦，就耐不住独处的孤单。

假如树也喜欢左顾右盼，就不会因为倾斜伏地、近贴水面，依然顽强地向上伸展。

假如树愤懑地裸露着饱经沧桑的年轮，就不会让人看上去那么挺拔光鲜。

假如树惧怕风霜雨露悬崖深谷，就不会站成一道道风景线。

明知生长不易，却要顽强地生长，是树不曾道出却又鲜明如画的精辟语言。

舞动的裙子及其他

舞起来的裙子是没有皱纹的。
带着微笑，每件衣服都靓丽，
挺直脊梁，方知加高鞋后跟不是唯一重要的。
语言是滚动在口腔里的橄榄，让听者口角生香，津津有味。
青春是忘年者的伴侣。
呵气如兰，比脂粉敷面更加动人。
带笑的容颜就是一座迷你花园。

（选自《散文诗人报》2019 年总第 50 期）

东莞，西溪古村

_黄亚洲

村口的这两株古榕树厉害，枝叶繁茂得叮咚作响。走累的云朵，轮流坐在枝叶上小憩。由于有“榕生百子”的说法，所以南粤的村口都栽榕树，盼子嗣繁茂，西溪古村也不例外。

五百三十年了，这两株榕树，依旧骨盆壮硕。

村子里，红石板路与青砖墙，也显得老气横秋。五百三十年前，几户尹姓人家合力举起木夯，开始打桩。树活了，人就跟着活了。

西溪，这水很好啊，先通东江，又通珠江，方便运送莞香啊，在这里能挣上饭啊。中华民族里一粒尹姓的种子，终于，在明孝宗皇帝的手心里，觅到了一条带水的掌纹。

我看见了遍布全村的会讲故事的砖雕，看见了远近闻名的蓝印花蜡染，也在村口古榕下，看见了满地跑动的幼童，以及一排排的轿车与摩托。

骨盆壮硕的榕树是厉害的，它能分娩一个时代，而且，一辈辈的，都是自然分娩，不是剖宫产。

（选自《散文诗人报》2019 年总第 50 期）

深山（外一章）

_王尔碑

深山有鸟呼唤你的名字，绝代柔情，声声凄厉。

不能回答。不能回答。为自由而流浪的鸟儿，猎人在搜捕你的声音。

你走了，落下一片悲怆的羽毛。

远方，迷人的极地，多雾的极地。

西岭雪山忽然垂下头颅。

天风呼号着你最后的呼号：“永别了！深山！永别了，流泪的森林!”

生命忽如一颗幼小的晨星，闪烁着童年最初的光影。

幻　象

大海站起来了，背负喧哗的波浪，躬身走近那座山岳。

天空，打开了一百扇窗子。

不曾相约的会晤。

山岳寂寞，脸上长满青苔，它忽然笑了一下，也不知哪一个世纪的笑容。

山和海握手，亿万年激动的瞬间。它们将说些什么呢?

语言老人，衣衫破烂，腹肉空空，面对两座灵魂宫殿，哑然失声。

（选自《大沽河》2019年第3期）

梦会揭西（外一章）

_罗铭恩

大山抒怀

黄昏，汽车在揭西的盘山公路行进。大山酝酿着深邃的感情，准备演奏一首轻柔的小夜曲。

夕阳，变成白天里最后的一朵玫瑰；树林，张开绿色的手臂迎接暮归的云雀。

在高高的山顶，我们刚邂逅了一轮落日，又与刚露脸的月亮握手。

山，张开广阔的胸怀，拥抱着我们这些远道而来的客人。我们徜徉在山的胸膛，感受到云缠雾绕的神奇。

大北山、大洋山、李望嶂，连绵数十里。山上那苍劲的古树呀，一部揭西的变迁史，不正镌刻在你千载的年轮里。千百年来，你载过多少沧桑，多少荣耀？

那蜿蜒伸展的盘山公路，曾经是扑朔迷离的林间小路，这里隐现着历代将士的戎马生涯，跋涉过老区游击队员的脚步。啊，那山间的林涛，又释放出祖先与前辈的呐喊声！

今天，茫茫林海，早已用一片青翠，抚慰了大山的伤痕。那清澈的山泉，流遍了大山内外；那从天上飞泻而下的“粤东第一瀑”，日夜向苍穹倾吐群山的激情。而那美丽的山茶花呀，也用自己的芳香陶冶着大山的性情。

榕江遐想

我站在榕江之滨，聆听江水的心音。

榕江南河呀，你的江涛化作早晨的乐韵，你的歌吟化作黄昏的呼唤。

榕江南河，揭西的母亲河，你用源源不断的乳汁，哺育着河两岸的儿女。你那古老的河床，目睹过朝代的更替，见证过历史的飞跃。

你那清纯的水源，还化作擂茶的甘液，延续了古老茶文化的生命。

榕江上，流过蹉跎的岁月，流过喜悦的足音；流过伤心的泪水，流过幸福的笑声。河面上，行驶过世世代代的船艇，承载过年年月月的风景。

清澈的河水呀，你倒映着神奇的古石器、古大宅、古书院、古寺庙。啊，一部悠久的历史，从榕江上奔流而来，又奔流而去。

先秦时期的部落，在榕江两岸留下了斑驳的足迹；那古朴的生存方式，彰显了先民早期的农耕和狩猎的神采。

啊，我们在河边上采撷了停泊在码头的阳光，找到了祖先遗失的梦想。

缠绵的榕江南河呀，你逶迤东行的河水，过揭东，入汕头，流入浩瀚的大海。

工匠之魂

眼前那精美的木雕，仿佛把我们带到了一个奇幻世界。

揭西千年古镇钱坑，木雕艺术源远流长，溯源明清，鼎盛今朝。世世代代的工匠，倾真情于构图，注心血于刻刀，他们以木为本，以雕为魂，雕刻出一个个鲜活的生命。

那栩栩如生的立体雕《郑成功》《赵子龙》，让我们邂逅了叱咤风云的古代英雄；那脉脉含情的圆雕《牛郎织女》，重塑了天上人间夫妻在鹊桥的梦会，演绎出凄美动人的爱情故事；而从那《百鸟朝凤》的大型浮雕中，我们拥抱了鸟群衔来的翠绿的情思，看到了漫山遍野的春色在凤凰的羽屏上翻卷……

啊，一代又一代的工匠，岁岁年年活在自己的精神世界里。他们穿越时空，与前朝对话，一回回去重活古代的人生，重温那一份历史的记忆。他们独运匠心，刚预约了一轮唐代的朝阳，又邀出了一片宋朝的月光。

你猜，那光彩夺目的金漆木雕，涂上去的到底是一层金黄的憧憬，还是生命底色中积淀的深情？

一件件散发着樟香的工艺品，装点着人们的世俗生活；一道道怀旧的风景，承载着粤东的精神家园。花草鸟兽，隐喻着人们的品格胸襟；人物典故，寄托了侨胞的家国情怀。

啊，细长的刻刀上，萦绕着迷人的潮风古韵；传世的杰作上，镌刻着历代工匠的灵魂。

逐梦珠玑巷（选章）

二

别了，梅关驿道；别了，珠玑古巷。浈江水续写着向南的故事。

上百户人家砍伐竹木，结成简陋的筏子，告别家园，告别古巷，顺着浈江、北江奔向珠江三角洲。那一只只轻巧的竹排，没有风帆的助力，任凭波浪推动。

他们的前方，是一个未知的旅途；他们的回程，永远没有归期。呵，孤舟远影，随波逐流，向着扑朔迷离的远方。远方，何处是他们的归宿？

漂泊、流浪、奔波，珠玑巷儿女终于漂流到珠三角各地，从此开启新的生活。

我站在浈江边上，寻找历史的记忆，寻找中原的烟雨。我又一次看到，我们的祖先，曾在这里匆忙出发。他们对茫茫的前路，既充满彷徨，也充满期待。

三

呵，远山隐没在天的边沿，近水流淌着诱人的思念。夕阳下，小巷披上玫瑰色的面纱，像一个宋代美人钟情于苍茫的岭南大地。

阅读珠玑巷，就像阅读一部传奇的故事。书页里夹着历史的风云，遥远中走出一片苍凉。岁月的脚步，高高低低，时缓时急，这来自远古的回声呵，还夹带着血与火的呐喊。

交汇了，中原的风雅与岭南的柔情；融合了，中原的经典与梅关的奇丽。走在这条古巷，又一次品味到中原文化与岭南文化的水乳交融。

告别珠玑巷，踏上归途。蓦然回首，惊看那一条古朴的小巷，正呼唤着传统文化与变革精神的归来。而南迁的雁群，正从小巷的上空飞过；那无边的春色，正在雁群的翅膀下纵情涌动……

（选自《散文诗人报》2019 年总第 50 期）

我的童年地理

_周庆荣

一

记住：童年地理永远拒绝修辞。

我不是简单地把真相和档案对立，我为一种倾向担心，胭脂用在自己的出处，然后，那个最初的环境给过我们的生命，它会委屈？

立秋之夜的北方，我仰头望月。

好月亮，梯田状的白云没有干扰月亮的皎洁。

今晚，月亮的地理似乎充分客观，秋天的夜空就应该这样。而秋天到来时，有人称呼我为爷爷。爷爷站在远离故土的北方，他开始回忆童年。

二

一节节藕手臂纯洁，虽然被污泥纠缠，它们不放弃去握地面上的世界。

韩家荡的藕是近年的存在，它们代替了我记忆中的麦子和地瓜，玉米在村东，玉米在村西，我走出一片高粱地的时候，已经从夹冲走到了韩家荡。

母亲在家里最忙，我是替她看望故乡最多的人。

韩家荡因此也是我童年的村子，东边是一条人工河，它的名字叫大寨河。村子离政治似乎一下子很近，我和表哥表弟以及年轻的小舅舅们在河里扎猛子，有时互相比谁在水里憋气时间更长。

我把芦苇打通，在水下衔着它，潜艇般地沉住气。

河的上游是另外一个村子，我的一个美丽的远房小姑姑在那里。谁说乡下的孩子性情愚钝？我的性别意识好像是从大圩开始。多年以后，小姑姑离开了大圩，嫁到了镇上，大圩从此暗淡。

三

韩家荡和夹冲之间：一条小河和河畔的坟场。

我在这片区域识别了乌鸦和喜鹊，勇敢的孩子必须走一段夜路，夜路包括黑暗中的坟场。

两个村子的人一旦死去，现实在继续，而他们抱着梦想在地下长眠。

梦想永远无法实现的人，会在地下叹息？

风吹过坟场，我是一个从未在坟场迷路的孩子。

当过兵的爷爷，长长的烟锅如同戒尺，不怕鬼！长眠的人曾经是我的乡亲，包括我敬爱的爷爷，他多年后也躺到了这里，如果有鬼火，那应该是老人在乡村闷热的夏夜，一边纳凉一边吧嗒着旱烟。

我要坦诚的是：没想到自己会从村子里走出，从一个城市到了另一个城市。我握过许多陌生的手，仿佛他们都是我的乡亲。

恍惚的时候，鸦群飞过城市的上空，人心再不测，我已经成为不怕鬼的人。

四

夹冲的西边也是一条河。

过了河，正西是月港。

几滴雨落在荒凉的小街，事物就可以热闹。

我对城乡差别的最初认识应该从这里开始，人生的第一次斗殴应该在小街的黄昏，农民的力量在月港得到证明。

月港之南，我乡村的首府，张集适合农民赶集。

土特产和城市的味道，和北边的小尖相比，我的童年最远的地理似乎就是对小尖的敬畏。我童年的模样只属于一张泛黄的照片，那个照相馆成为我记忆中深刻的高科技。

我还是说说我童年亲切的村庄。

夹冲的南边叫姜塘，夹冲的西南叫圩角，曾经熟悉的男同学女同学，几十年过后岁月变成了皱纹。

风云是什么？

厮守或者远离，近处是爱，远处也拒绝仇恨。

祖国的版图，童年啊，只是几个村落。

左右的两条河流，内涵丰富成长江和黄河。

母亲河，母亲在哪里，它就应该在哪里。我一直忐忑，祖国辽阔，在我的童年，祖国委屈成几个村庄的世界。

五

是庞大地理的一个标点呢，夹冲给予我生命。童年的江湖无非就是从一个村子闯向另一个村子，向日葵成熟时，我们几个小伙伴揪下它们的头颅，它们是我们童年的营养，直到生命装进更多的内容，我才思考向日葵和信仰的关系。

如果没有后来的远方，韩家荡或者夹冲，它们会是我的国籍。随着国土的扩大，我记住了根部的忠诚。我朴素的村庄，你木讷寻常，缺少层峦叠嶂的风光，但我永远不会改变自己的籍贯。

母亲的故乡现在是万亩荷花。

任何地理都会有它独特的美丽，微风吹来，故乡荷叶婆娑，音符里重复着母亲的叮咛：孩子，走到天边，你也只是韩家荡的骨血，双脚沾满了童真时的泥土。

康庄大道是土，坎坷是泥，千山万水不过是泥土的丰富，我是故乡土地上一株老庄稼，秋收如果到来，我投进故乡地理的粮仓。太阳照耀在故乡的白天，月皎洁村子的夜。我是故乡整个岁月里的种子，举不起高粱做火炬，我就做藕，心宽装下世界的山河；坚持，生命中即使遭遇再多的崎岖，我全部的地理就是苏北平原，在一马平川的意境里，让梦纵横四海。

（选自《钟山》2019 年第 2 期）

升辉（外一章）

_灵焚

昨夜立秋。

天籁收起盛夏的翅膀。大地之上，雁阵与荻花还在北国水湄相拥酣睡。平沙千里，露水提着月光的灯笼，把寂静挂满山野。

就在昨夜，你在姓氏的梦里启程，小脚印移步生辉，从立秋的大门进入黎明时分的人间。一双大眼睛清澈、灵动、霸气，打量着这个你即将君临的世界。

你到来之时，祥云在东海之上全部苏醒，护送的神明，以一棵树的姿势，上升，上升，上升到辉煌的高处。曙光的千万只手托举着你，向世界宣告，这万丈光芒都因为你。

就这样，你拥有一个灿烂的名字：“升辉！”

万物之上，一场光芒的绽放从这个清晨开始。

此去经年，一个温暖的生命将赐福苍生。

月　光

我不要破碎的。

不要水面上的那些，那些颤抖不是真的。

不要指尖上奔跑的；不要弦上如歌如泣的……这些都不要。

即使悲伤，也要完整的、冷的、表面上若无其事的。

所以我只用大地接受你来过，接受你花瓣里的远，而呼唤却在深一脚浅一脚走近。

你让山有陵，你让夏雨雪。

这不，誓言只有半句，即使大地上月光临幸。

即使你是王，在何处停留，你的颤抖是幽深的；小漩涡是宁静的；在皮肤上划出的一道细长的伤口，那月光下的河流是安详的……

天亮了，梦里的一夜都是月光。

被带走的，都是完整的；属于记忆的，只有破碎。

（选自《散文诗人报》2019 年总第 50 期）

香炉湾絮语（节选）

_钟建平

11

渔港习惯拥抱霓虹灯入眠
一百年来都做着同一个梦

盼望着风调雨顺收获满满
一生和大海结下不解之缘

日出而作日落而息持初心
所有喜怒哀乐都付与流水

沧桑的脸庞见证沧海桑田
思绪里写满起伏跌宕时光

被黑暗带走了黎明和帆桅
只能在灰烬中取余生的暖

人类和鱼的命运何其相似
两者都无法摆脱贪婪噩梦

12

隐忍大地背负季节的忧思
在演绎不同命运的启示录

我在这一瞬间写下的诗句
后人在另一种语境下解读

微澜的笔调雕刻时光骸骨
朴素的真理拷问尘世繁华

写作者往往都是独守时光
分享却是大众的和未来的

文学是一场孤独禅修行走
文字比肉体生命走得更远

每一个天才都更接近上苍
他们特有禀性离尘世更远

13

我以一泓秋天水湄的名义
写满了思念你澄澈的思绪

中年后仍然保持恋爱距离
彼此的身影已经变得陌生

蓦然回首时呼唤你的名字
犹如夕阳下飞过天际雁鸣

我知道悲伤也无法挽留爱
每一次邂逅都有终结时候

度和被度就像此岸和彼岸
玄秘冥冥地藏匿在缘分中

一生中有多少隐喻读不懂
一份美好静静留驻岁月里

14

对所有美好事物心存敬畏
没有钥匙可以开启幸运门

我们都曾经拥有一双翅膀
生命还没有褪去彩色梦想

鲜活的文字不会蒙上尘埃
逝去歌者活在自己文字里

如果此生还有足够的光阴
一定会遇见灵魂中那个你

经历无数次人生悲欢离合
最后可以抵达的只有泥土

我不想靠近本已喧嚣世界
只想把黎明写成澄澈河流

15

八月的稻穗再次俯下身子

谦卑地交付一个丰盈秋天

邂逅一次次浪漫的季候风
饱满果实夕阳下金光灿灿

我以飞翔的姿势追逐黎明
膜拜无处不在蔚蓝的力量

把海水紧紧地握在手掌中
汹涌的波涛在耳边响起来

因为心中对未来充满憧憬
一份坚守让生命功德圆满

青春从来都不需溢美修辞
激情澎湃生命如喷薄朝阳

16

在这个普天同庆收获季节
我高举起自己干瘪的思绪

候鸟每年都会沿熟悉路线
一次次翻山涉水回到故园

手擎明珠矗立海湾的渔女
像一盏灯点亮了我的余生

那些消失事物才是永恒的
所有存在都必然流逝不居

春夏秋冬繁简荣枯的轮回
都是生命不可或缺的意义

每次看到白鹭都满心欢喜
像两个老朋友般久别重逢

17

星星之火燎原成汪洋火海
一场革命已经悄然地来临

思想不会在暴风雨中沉没
愈跌宕结局愈会最早来到

一些迟到的果实藏匿情节
还没完成对这个世界叙述

喜欢或不喜欢新生的事物
都源自不确定性这个原因

尘世美好的事物愈来愈少
柔弱的羽翼无法抵达梦境

没有任何力量可改变航向
历史必然还原出所有真相

18

秋天像一场熊熊燃烧火焰
一切腐朽事物都化为灰烬

广袤苍穹下我们忽略不计
上苍慈悲让我们拥有思想

思绪是一条流淌不息河流
远方在躁动中渐渐地平静

找一些词语抚慰渐凉秋意
不执着于这一生是否圆满

山峰河流阳光都可以描述
此刻多想听到生命的浩荡

除了文字没有什么可证明
尘埃似生命来过这个世界

19

每天为了柴米油盐酱醋茶
我几乎对诗和远方淡漠了

我常常向遥远的地方眺望
一些忧伤的事物悄然生长

疲惫时感觉人生百无聊赖
珍珠似光阴大把大把挥霍

做一个不执念于结局的人
怀一颗辽阔与慈悲的内心

随手捡拾一枚金色的叶子
叙述土地滋养生命的深情

如今天空的飞鸟愈来愈少
羽翼无法飞越尘世的欲望

20

一枚坚果站在秃秃的枝头
多像母亲怀里最淘气孩子

思想和生命如饱满的果实
金色喜悦高悬秋天的天空

生命中的暮色就要降临了
不得不俯下身子安抚疼痛

祈愿上苍把大地还给种子
祈愿上苍把天空还给星群

喜欢看蜜蜂在花海中穿梭
从不问文字中生长的诗意

远方有诗同时也会有苦难
天上太阳一直在燃烧自己

（选自《珠海文学》2019 年第 3 期）

行走的木头

_韩嘉川

1

父亲指着那堆长长短短的木头说，那块是水曲柳，另一块那是东北楸。

那间厂房拆掉了。那是日本人建造的，专门给洋布染色印花的工厂。

（那是一个冬天，人们纷纷来捡拾木柴回家取暖。）

2

父亲是木匠，他将那些废弃的木头捡回家，做成了家具，并在衣橱门上刻了一枝梅花。

（在刻这个中国文人图腾的时候，父亲刻疼了自己的手。）

我不会识别那些木头的原来身份，只知道城市街道的两旁有法桐树、洋槐树，有的地方还有杨树、柳树，以及松柏，譬如公园与墓地。

3

父亲将那些木头刨出一卷卷洁白的刨花，崭新的木纹散发着遥远的山野气息。

水曲柳想必是生长在河道或者湖水的岸边，那里有湿润的苔藓与地衣覆盖着山崖与岩石。东北楸应该在长白山的森林里，老藤与雨后的蘑菇，散发着微笑一样淡淡的雾气。阳光从浓密的树叶缝隙斜斜地射进去，映出神秘的光泽。

（父亲在端详那些木头的纹理，我在想深山里还有松鼠、狐狸，以及狼和熊的踪迹；还有猎人的呼吸与野山枣目光一样的殷红。）

4

那间厂房构架的缝隙，还残留着大机械轰鸣的碎屑，砰砰啪啪地拆卸，声声叩击一段历史的宿命，回响在一个飘雪的时节。

父亲捡回那些木柴做成了橱子、饭桌和方凳，组合出一幅生活的形态。

（高碎的茶叶末，浸泡着唇齿间的语句，没有说出就到了掌灯时分。）

5

在雨季的河道里整齐捆绑做木排，在雪季的冰凌上拖在雪橇后，那些木头的身体在行走……

（在东北劳动的父亲，熟识那些木头在深山里的气息。）

把深山里行走的细节，做成生活的样子，父亲便走了。桌上的高碎茶叶末，还浸泡着没有说出的语句。

（我不知道水曲柳与东北楸的区别，城市的行道树叶丛里，蓄积了蝉鸣与鸟儿的絮语，让夏天如同下课的教室一样充满了喧嚷。）

（选自《星星·散文诗》2019 年第 7 期）

雪姿（外三章）

_王猛仁

粗犷或幽静想必都是一种启示。

潜藏在无声墨香里的微笑，以及漾在孤独里的色彩，都会殃及落雪后的黄昏。

田野寥落。

渐渐堆积的一抹残红，挣脱了羁绊，依次包围着我，浓缩着我。

甚或，被莫名其妙的光芒震颤着，不弃不离。

从叶脉间落下的天籁，将心事燃得异常灼人。

仿若，能听见真诚的爱怜，能听见红松林里瞬间滋生的力量。

我的笔端，顿时勾勒出一框抒情的画面。

寒风中抖动的竹叶，以及蜷缩在骨缝里的浮云，会不会再度低垂渐逝跫音？

看似不安的几声鸟啼，小心翼翼地泊进白色覆盖的褐色摇篮。

站在花枝的梢间，唯一釉壮锦一脚踏进春天的门槛。

眺望纷纷飘坠的音符，在月光遁逃之后，化作片片银白，聆听心灵狭仄的节奏。

直到有那么一刻，你不再空寞，我的岁月亦是一片花海，且四周布满芬芳……

溅　落

鸟鸣惊醒一夜梦境。

如烟云一样的纷纭往事，总能溢满遥望无言的双眸。

每到冬天，当料峭的春意卷土重来，当初绽的红梅随风翩跹，一个被凝固的名字，融化了不息泉源，注入了荒凉的心河。

一阵冷风掠过，悄然的枝头，依旧长满了寂寞时的热情，并且向着自然生长的地方续延。

我静静地伫立于渐深渐浓的山岚顶端，俯视你的娇姿，你的莞尔一笑，听千鸟无语。

时光时而缓慢，时而急速。

通往野百合的路，总有我们难于捕捉的云朵与光明。

雪的隐忍，雪的唇印，仿若灿烂的阳光，漫过一望无际的辽阔。

轻佻的风拉扯着衣角，寒冷落满大地。

我惊异于这样的专注与无私，恍惚中，倾听万籁俱寂的簌簌之声。

直至最后一场大雪覆盖埋在诗歌里的纯洁与香甜。

那些我们未曾抵达的黑暗，一直都在放射光芒。

犹如不远处，那一碧莲池，安静，幽深，缓慢，美好。

冬　笺

推窗，一棵橘黄色的银杏立于面前。

即将归巢的一只雨燕，在静寂中逆光而行，大地之上，有飞白点点。

零零碎碎的飞雪，从冰冻的心田上驶过，如同黑夜里绽放的花蕊，渗出诱人的馨香，以此偷窥我的那扇隐秘之门。

无意中滋生的孤独，却能惊悚深埋已久的童话，以接近自然的方式，幽幽地展览着自己的天空。

瞬间盛开在雪地里的诗句，偶尔也会点缀雨后思念的彩虹。

独有夕阳的余晖，以独特的姿势，将我忧郁的心托亮。

在接近黎明和落叶黯淡的指尖上，焚毁诸多陈旧的过往。

月光淡若水痕。

只有我和那盆羞涩的雪里蕻，望见了它的背景。

惘然翩飞的一声啁啾，最容易触动一处旧伤。

记录在时空里的秘密，依旧摇曳不停。

迎风傲立的野菊，已化作洁白的云翳，潇洒地冻结成透明的风景，等待清脆的足音纷至沓来……

北 望

忽而，你又复苏。

仿佛孤独者夜半醒来时的一句轻吟，所有信手拈来的意境，不该过早地开满探春的枝头。

曾是最可信赖的一句箴言，却被漂浮不定的诗潮，省略于故土。

犹豫迟疑的晨昏，在稚幼的回忆里，噙着忧伤的泪，与身居异乡的夕阳，遥相呼应。

夜已深。

风把落叶悄悄藏起，唯有卸下满身戎装的一树红果，被突兀成没有遮掩的花语。

从未有过的哽咽，开始侵蚀着我的黑夜。

打量过去，我的诗篇早已烟雨般从眉头升起，一字一句，如同欣赏从你品格里凸显出的优秀与茁壮。

每当夜幕降临，我的思绪总是悄悄地钻进那愈来愈密的网，生生地，怯怯地，越陷越深。

眼前苍凉的天空，正划动着时间的里程，将满脸皱纹布满异乡的额头，堆积成故乡的庭院，让现实与梦幻之间，不再分明……

（选自《河南诗人》2019 年第 1 期）

杨桃树（外一章）

_蔡丽双（香港）

走近杨桃树，挂果悬金的丰硕和欢悦，放飞了童年的梦想，放飞了人生的冀望。

曾经缘于嘴馋，未成熟的杨桃，苦涩剧酸，曾滑倒童年的笑声。

如今，漫步于山村的杨桃园，还是挡不住甜中稍酸的诱惑。脚步轻轻，又回到了无忧无虑的少女时期。

在故乡的杨桃园，采撷的是一串惊喜，是一怀诗意，是一泓乡情。

亲近土地，亲近绿荫，亲近自然，青春在繁衍新绿，生命在蓬勃生机，灵魂在返璞归真。

故乡的杨桃树，美兮兮润色过我们少女的情怀。我们纯真的心灵，没有任何绳索可以捆缚，像不羁的飞鸟，缭绕着故乡的杨桃树，自由自在地翥翔，撒下笑声，撒下思恋，撒下钟爱。

金秋畅想

成熟金黄，豪华的暖色，渲染出黄澄澄、金灿灿的秋天。

乡村的秋天，不因满城披尽黄金甲而成为金秋。稻穗和麦穗饱满颀长的英姿俏影，出脱出丰收的盛典，缭绕着的喜悦，催开了乡亲们嘴角的笑意。

不必磨镰霍霍，收割机已擦拭得锃亮，正欲把丰稔的喜悦，收获至乡亲的心仓。

耕耘亩垄，耕耘心灵。早已用犁铧启开通向金秋的大门。犁铧走过，撒下淋漓汗水，必会浇沃稻香麦馥。

金秋深邃的眸光，诉说着汗水的可贵，絮语着稼穑的悲壮。

在金秋，汗光笑影，闪烁着金黄的光华；歌声诗韵，弥漫着金黄的音律。

感恩造化聚钟了金秋的神秀，千言万语，倾泻于笔端。生活的感悟，生存的奋搏，沧桑的风雨，稼穑的苦甘，都萌衍成金色的诗行。

（选自《香港文艺报》2019 年总第 63 期）

喂养在乡愁里的相思（组章）

_徐慧根

故乡，缮写着单纯稳重的文字。

故乡先前行云流水的那些日子，只在拐头河的一汪清波里泅渡。

高挑斑驳的树木光影，或轻或重，亦巧亦拙，恍惚跳过一些丰腴的章节，栉风沐雨，玄机逍遥。

故乡，从渐行渐远的岁月里，缮写着单纯而又稳重的文字，挂在村口那棵瘦骨嶙峋的老槐树上。

匆匆时光，风吹月晕，轻叹无声，只一缕，摇曳着北中原的梦幻，风化了岁月的剪影。

依稀一个梦，在我反反复复的思虑中，浮出水面。岁月，消瘦了年华，看浮萍般的芸芸众生，起起落落。

往事泅渡。我将今天馥郁的墨香落进纸张，让文字反刍，让温暖流于中年的心底，让光阴站立。

一条荒草萋萋的小路，仿佛泛起了微澜，通往之前的日子，又绝尘而去。

我的四间房村，蓝天白云把多年前的寂寞延伸为绝句，逝去的亲人们的脚印，以及那些深浅不一的人，都是过客。

岁月仅仅用了一个趔趄，就洞穿了旧时光，让熙熙攘攘的尘世波澜暗涌，打马而去。

殷墟，喂养在乡愁里的相思

岁月的章法凌乱，让一个煌煌王朝，仅余一册纸上的江山。

一爿开光了神秘的文字，让剥落的历史老气横秋，锁不住逐鹿者金戈铁马的时空转换。

殷墟，用岁月封存，成为一个辉煌的人文归宿，让埋藏在甲骨文里的古典中国，来不及用笔墨纸砚，只用雕刀弹冠相庆，推杯换盏，翻云覆雨，凝铸成旷世经典。

在殷墟，所有的清纯都附在草叶的露珠上，往事皆字字珠玑，有一种拷贝时间的通感，而深刻与悲悯，都隐身在苍穹深处，看飞云在天。

每一页传奇的日子都像流水一样远去，每一个神秘的片段都有过时光的擦痕，策马而来又挥之即去的光影，盘活了悬念。

曾经扼腕的日子流水般闪进得飞快，放牧光阴的人却感到日晷滞若磐石，他们用大写的日子续写史册的厚重，汤汤的光阴用日子装裱成册页缤纷的更替。

二十一世纪，闪去的岁月很稠密，会将日子的经幡高高擎起；而诗人很渺小，只将粗粝的时光轻轻扶起。

历史的潮声，打湿了殷商的梦幻；纸上的墨香力透纸背，喂养乡愁里的相思……

滑州，在一幅画里泼墨

三月，把滑州上空大把的星子摇落，古老而嬗变的土地在梦里抽芽。

走近滑州美丽的人文风物，日子敬献多情的花朵，光阴一寸寸剥落。

滑州亢奋的旋律踏响了厚重的大地，昂扬的节律噪醒了蛰伏的部落。

石缝下的小草铺成平平仄仄的锦缎，花儿在笑，季节擎起了春天，擎起了一个符号。

曾经凝固、板结的梦想在新时代融化，时间诵读着古驿道，雄关收藏了万里春风，笑意闪烁。

季节的壳上燃烧着昂扬的激情，古韵新词镀亮了几多远去的逝波。每一处往事的情节都探出头来，漫延猛涨成势不可挡的斑斓暖色。

用季风也能读懂的方言，阅读这里浅浅而又幽深的秘史，阅读滑州人透亮亮而又阳刚的性格。

此刻，简约越过了世间的滚滚红尘，一枚新版的滑州，就在一幅风景画里泼墨。

（选自《安阳日报》2019 年 5 月 10 日）

通远桥（外一章）

_ 亚楠

我听见远古幽响，杳渺，却仿佛近在眼前。水绵延的音符在空中萦绕，回荡……它所承载的重尽在不言中。时间或许并不带走什么，但，它却在记忆里让自己成为水。也成为锋利的刃，成为生生不息的思想。而视线所及，雪宝顶亮闪闪，这神话般的威仪，让古老大地呈现出肃穆与庄严。

所以，远方只在意念中。词语绽放了，在水波里生长，让乡音唤醒绵延的血脉。此时此刻，思绪杳渺，宛若一只鹰，在高空给梦着色。或许，也能看见游子，梦见通远桥旁那一盘老水磨，宁静中盈满明亮的呼吸……

扎嘎瀑布

这跳荡之水，这音符绘制的壁画在天空回响。也是光，是闪电释放的梵音。绰绰林荫中，柔润的光被水波吸纳，仿佛远处蛙鸣，平生了几分幽静。

而向阳坡地上，山花吐艳……清香扑鼻而来，就像一缕缕炊烟，淡淡的，有一种亲人般的温暖。鸟啼声时高时低，宛若错落有致的楼宇，在微风轻拂下，焕发出神采。我总觉得，这就是大自然的恩赐，是兄弟般的久别重逢。

也会看见游离于水光之外的鹰，那么高远、淡定……此时，我只聆听水的轰鸣，宛若山寺钟声，静穆、明亮，却又意味深长。

（选自《散文诗世界》2019 年第 8 期）

与黄昏书·小别（外一章）

_莫鸣小猪

在离别的途中，轻轻呼唤一朵花，请用它来命名我吧。

姑娘，给我一个卑微的名字，像蒲公英、狗尾草、芦荻花……

我都会簌簌战栗。

别，别用凄美一类的词描述我的坠落，让它安静，腐朽，梦见你。

让它被一朵花的名字幸福缠绕和围困，如果我足够单纯，如果我纯属愚笨。

春深，露浓。

我想起露华浓的口红，桃之妖娆，你诱惑我的颜色，你的镜子，木梳，花头巾，长辫子。

木栅栏，卷尾巴狗和瞌睡的猫咪，三只落地的羊羔。

也许还有树林里狼睁着绿光的眼球骨碌碌转，剩下的臆想。

被蚂蚁一一搬走，连同这等待的时光。

想象凌晨两点半，猫，蝴蝶。小碎步，八字舞，迷迭香。

夜晚在它们的身体留下胎记。

猫头鹰叫醒了夜，一只唱哀歌的乌鸦迎面而来。

蝙蝠的预谋像骨头惯于沉默和掩饰。

相思病的月亮弯腰咳嗽，咯出了血。疼——我突然想起你。

一棵树咬着悬崖 ，我咬着它，风咬着我，想你……
月亮从一个树梢挪动到另外一个树梢，星星从我的头顶跳到了你的头顶。
我想爬上那个高高的屋顶和白鸽一起把情书挂上一朵云的高度。
还是想你。

一些日里被暴晒的蕨类植物，打着卷，试图以花朵的假象蒙蔽眼睛。
如果到了明日黄昏，我还不在你的耳边说话，那一定是我迷路了。
亲，请安静。
你要学着自己做饭。
我就顺着炊烟回家。

吾之乡土系列：画说小村

一

石板以平面的铺陈对土地展开入侵。路，行人，鞋，足印——青色是它的表情。

时光在蚕食它的坚硬，保持了记忆恒久的韧性。青砖，红瓦，鳞次栉比的房子，鱼一般在光线里游。

柿子树，青果子，毛茸茸的桃子和虫子捉迷藏。

借着光线的弧度，抱窝的母鸡咯咯咯叫。

一群蜻蜓从树顶飞过，尾巴拖着金色的光线。

一只蝴蝶，翅膀上浮动着水汽和碎花，它微弱的呼喊在玻璃罐子里，被天真的孩子透明地囚禁。

一条河流，一根木桩。

一扇木窗，一张清丽的脸。

——它们，遥相呼应。

二

我的小村，阳光清澈。

纸飞机沿着小窗打开的三十五度角，呈斜线飞出。头发披着苔藓的孩子嗷嗷地哭，说他丢了一只竹的蜻蜓。

炊烟的脸在日光里晒出了蓝。田野，折扇般轻轻打开。

河流颤抖，掬起无数微笑的花朵，篱笆菜排成的栅栏，潮湿的小屋。

它们：小小而无序。

它们：水墨的微笑，宣纸的疏离。

树顶上低语的鸟雀，花一般排列整齐，花粉被陌生的蜜蜂成群地掳掠，纠集在水瓮树的巢穴里。

恍惚的过客顿足，某个时段，某个她哼起了小曲，歌声淤泥般微凉，你可以听见沙子渗进石头的声音。

——时光静美。

三

一张躺椅，一把盖在老脸上瞌睡的葵扇，破草帽和镰刀双双挂在了墙上——一个冒号遮蔽着一个问号。

共同的：它们把叹息调到最弱，评书和广告从半导体收音机的木壳子里——开始失声。

爷爷的爷爷的爷爷——他们的坟墓在远处的远处的远处的山坡，那里长满了香茅和艾草，鼠洞里钻出过兔子。

杉木柜子被斑驳的桐油手术般剥离，花和蝴蝶伙同“双喜”的图案，顽固地死守一只搪瓷的茶缸，一群悬挂在屋檐下的麻雀和水滴，它们——合唱着土气的童谣：萤火虫，夜夜红……

四

河流从容地流过小村，石头的膝盖磨出了光。

蚕子和桑树相视微笑，紫藤和豆角缠绕在晾衣竿上，水珠发着微光。

窗前的两片叶子屏住呼吸，耳聋的阿嬷和一条瘌痢的小狗讲故事，她的语言澄澈宽厚，表情里皱纹的菊花——一朵朵淡黄地开。

一老？一小！嗯。

一老一小！喔——风咬着阳光的耳朵，从门缝里切入，仿佛碎步摇摇的新娘。

她的时光匍匐在房梁上，一只猫，梅花般的脚印下，她们的影子野花般妖娆地开——春天，辽阔起来。

（选自《散文诗人报》2019 年总第 50 期）

一席文字之外的声音

_姚园

客厅墙上突如其来的一道光影，摄住了我的双眸，是因为知晓它很快便如风一样，刹那间会了无踪迹？

我仍愿在手心又不在手心的分分秒秒化为似锦的繁花，哪怕它终究无法逃遁过眼云烟的命运，我依然弯腰向它靠近。靠近的或许不是其他，而是自己那暂别尘世的心情。

一切都将陷入沉静。热闹后的沉寂，让人回到的不仅是初始的海岸？

可只要还有一盏灯在窗外绽放一束柔和，只要还有一朵花在黑夜怒放，我没有理由不相信这个世界的暖是可以在掌心洋溢，没有理由不相信出乎意料的可能在张开双臂。

人生好像是在一次又一次冒险中突围。

无限风光不在险峰，在我们内心深处绝版。

我仍坚信行走必将拥抱沓来的美好。

而随身的行囊，装上一朵自由的安然，一缕日子之外的云淡风轻，就好。

不管昨晚那一场雨从何时开始飞舞，今天会不会跟传说中的暴风雨擦肩，都与我的双手合十的姿势无关。曾经的飘散仅是随风的兴致？此刻在指尖的将始终盈袖吗？

骤然想起前年在北京路闲逛相遇卖黄桷兰的老婆婆，她说着令我不知所以然的粤语，却丝毫未减低我购买的欲望。与其说我喜欢此花，不如说买下是对她劳动的一阕尊重吧!

想起去年邻居好友送来她院里收获的第一根黄瓜，那弯曲的模样，是因为与生俱来的谦卑，还是它明了自己最终会在他人唇齿里走完一生?

谁都有无奈被动之时，譬如前年的6月，我遇上一位不速之客——耳鸣，稳坐于我左耳，昼夜不停地呼啸，湿透的岂止是时光的背面?

我问:“与身体里的风吹草动相遇，是一种狭路相逢的开始?”

没有过不了的坎，只要意志和从容还在血液里奔流，天就不会暗哑下来。

总有一些人能一直陪着你走，不远也不近，有没有携着一把火一盏灯无关紧要，有没有怀抱万种柔情也不是问题的核心。

自己才可能是自己天荒地老的寄托。

听从内心的召唤，把适合自己的路走得荡气回肠。

静静的深夜，任一曲《天空之城》伴着我的无眠，床头柜上的书由我随意挑阅，世界好像在我打开又关上的瞬间忽近忽远。骤然我有些痴迷的感觉。不确定抑或是一种确定呢。

对于以文字为乐趣的人而言，文字在笔尖飞扬时，任何一个地方都是乐土。

心思也可以是一枝玫瑰，一边盛开，一边凋零。

没有什么是永垂不朽。

一个人是否高贵不是由于头上的光环，而是由于品行纯净如莲。

曾经绕着广州大剧院转了一圈，发现没有一个醒目的标志在屹立，这抑或与人相似，有底气的人不需要名片。

曾经用500泰铢换取一张去大皇宫的门票，在拥挤的人群中张望，看到的是我们看不到的一面。

但胜过在原地打转。

只是去任何一个地方好像都需要心情的引领。

看似心如止水的人，从某种角度来说，比欲望丛生的人可怕。

有些人宛若说变则变的天气。

亦始终觉得一个人无论是被鲜花蜂拥，还是身陷低谷难以自拔，其实都是孤独的。一个人不管是借助什么渠道、媒介传递出来的东西，是不是跨越了岁月的藩篱，是不是在人们的心海里不息地流淌，都可能像一袭风的经过。

依然含着赞赏的目光挽起现在，凝望未来。不对他人下任何一种断语，谁知人家身上的潜力哪天被唤醒，继而铺天盖地地爆发？

这世界谁是谁的高山流水？谁的脚步先于愿望？谁的预言走在时间前列？

无非是后浪推前浪。

无非是风水在唇齿间的旋转。

无非是人的价值由所在位置的夸大或缩小。

只是从不可能到可能，要穿越一条怎样的河流？

一个人要赢得多少次掌声，才不被掌声淹没？

一个人要深谙清晨的阳光未必比夜晚的星星明亮，要历经多少风霜？

答案在风中飘，

我在风中回溯过尽的千帆，微笑让我到了另一座山丘。

继续用一席文字之外的声音，为被我独宠的一树光阴开宴吧，

继续在时光之上，在思索与不思索的疆域淡定、自如。

（选自《诗潮》2019 年第 6 期）

每一滴水都生长着灵魂的骨头（组章）

_唐成茂

1. 手里捧着鸟声，我迷恋水性杨花的江南

我在风起的时候，要风有风。墙根上的藤蔓和念想，被吹得老响。

风在墙头落草，命运在风雨中绊倒，流浪的钟声，还未到岸已进客船。

陆放翁的钗头凤，唐小婉的“人空瘦”，在绿瓦青砖的江南，把我变成公子，把故事变成伤痕。

驿站上的云朵，要死要活地缠绵。归乡的小车，载不动许多愁。

我仍迷恋水性杨花的江南，挥一挥衣袖，挥去十朝古都的胭脂味，挥去一大片神马和浮云。

这是扬州三月，这是你的扬州，这是康熙微服私访的客楼，这是扬州八怪新长出传说的胡须，这是我和你的画舫。

江南忆，最忆是扬州。扬州的古城里，满楼挥起的都是你的红袖。

手里捧着鸟声，千山都已飞去。

我站在已旧红颜的太息里，寻找时间深处的一湖春水，怎么由有情变成无情。

在越下越清寒的江南雨里，我用古琴弹奏心事。

在暮鼓晨钟中，一遍遍访过曲池、永巷，一次次审视，划伤季节的二

胡水。

在雨中，我向着相思，抹去月亮两颊的泪水。

2. 我的村庄有奔驰的骏马和鞭子上的河流

我没有留在城里，城市太大，柏油马路太宽，我怕丢失了自己。

我留守在自己的村庄里，靠着纯洁和平静生活，靠着良心养好身子。

站在风的背上奔跑，眉毛沾着的是乡土。

我去过几次城市，密密麻麻的高楼从华丽的胸脯上耸起，偏见和冷漠摇摇晃晃。

城市的胸脯越来越大，我的视野越来越小。

瘦弱的我和淡青的庄稼，在城里更卑微。

我也看见众多行人来去匆匆，

他们的命运气喘吁吁。

在城里，生活打了太多粉脂，涂了太多指甲油，什么表情都会捉摸不透。

我没有留在城里，我回到乡村，用平静坚守开阔。

我和白云一起留守，用玉米棒的诚实、敦厚丰富善良，用柏木修建白色的小阁楼和殷实。

我的家乡没有钢筋水泥的冷淡和势利，我屋里铺麦草的床没有城市那么空虚和生硬。

我小阁楼里的女人天生丽质，朱唇自红，她戴着花环款款出门，就有诗句滚落地上，叮咚直响。

我家的摆设和希望，不臃肿也不虚华。吃五谷杂粮，日子悠然而从容。

我在超大的花园铺上席子和稿纸，面前就有文字优雅地舞蹈。美丽的诗意挨挨挤挤，才涌笔头，就上心头。

我的村庄有奔驰的骏马和鞭子上的河流与鸽子群。

我守着质朴，围着文学的火炉暖身子，我的微笑文字般精致和细腻。

我在田野里种上一世的虔诚，民歌逶迤到天涯，鸟儿和鱼儿婀娜多姿，飞翔的雁阵里有亮丽的诗歌羽毛。

邻家大哥在葡萄架下读着宋朝的艳阳丽词，穿汉服的村姑成为我的女人，她从柳永的名句里水嫩地出场，连走路都押着韵，那一路的回顾将成为我们时代的经典篇目。

我布腰带上始终挂着一弯明月，牛鞭上没有喧嚣，犁铧犁不出城府。

我留守在淡定自若的村庄，我留守在时间的另一头，我留守在乡村绕梁的回声里。

3．河水是一把锋利的软刀子

河水如刀，切出河岸的意念。

河岸掌握着流水的异动，能够切开，流水底部的恩仇。

河水如刀，是一把锋利的软刀子。

你行进在人生的刀面上，语言的飞流可以切除你的一生，抹掉你的一切，把你从洪峰之上，打回原形。

河水如刀。我是刀客，我的刀子：

不会切去，穿马褂披黄袍的二十四史；

不会切去，惊扰里尔克的玫瑰之梦；

不会切去，掩映东坡光芒的丹桂之花。

河流如刀，锋利而粗放，在人生的高地，一浪打过一浪。让你留下骨头血性块状的影子。

河流的血液，只有荆轲可以畅饮。

血色黄昏，打湿，一个朝代。

我抓住河水，抓住泪光和泪光中闪闪发亮的刀子，如前朝游侠：黑衣、披风、飞檐走壁。

落日中，我踩着巨浪磨刀，披着边塞诗和柳永词磨刀。磨光月亮的血和泪痕。

在磨刀声中，与柔白的流水和悠长的命运，一脉相承，一同高歌或浅唱。

（选自《海燕》2019 年 7 月号）

长林沟札记（组章）

_周鹏程

抬父亲

父亲伐木的银斧锈迹斑斑，林场月色朦胧，森林静好。

我们抬着父亲，从县人民医院出发回长林沟。

父亲不再高谈阔论，不再训斥我们讲不好《三国演义》里的故事，不再关心我的高考成绩，只是断断续续呻吟，夜风陪伴他的声音在山谷里迂回、跋涉……

抬父亲的两支竹竿嘎吱嘎吱作响，像一只简陋的摇篮在夜色中晃来晃去。

母亲脚步匆忙，和我们聊着，聊被时光掠走的父亲的肺以及被贪婪吞没的村庄。

“回去！我要回长林沟！”父亲在呢喃，像一个士兵梦想回到军营。

“快了！快到了！”干枯了眼泪的母亲边走边哄。

此时，我的亲人都会聚在回长林沟的路上。

一些人喘着粗气，一些人默不作声。

……

二十六年了，这情景历历在目。

我又梦见父亲回来了，他端坐在院子中间，像一尊佛。

与我们把他抬回去天亮在床上落气的情况相反——父亲神态自然，还是五十五岁，坐在石凳上跟乡亲们神侃，好人好报啊，不信，看我的病好了！

是真的吗？

我在梦中反复确认这是不是一个梦！

忏悔录

母亲并没有多少积蓄，但她还是给父亲修了一座雄伟的墓碑。

这是父亲的愿望，也是母亲晚年最大的工程。

长林沟有很多道理，有些人六十岁才明白，有些人八十岁才明白，有些人一辈子都不会明白。

我们兄妹逐渐成人，却为学业、事业各自奔波，母亲依然在长林沟劳作。

七十多岁的母亲，一个人栽秧打谷。

七十多岁的母亲，一个人砍柴种地。

七十多岁的母亲，一个人养鸡放牧。

……

母亲不愿到重庆，不愿到繁华的大都市。她拒绝嘈杂，拒绝陌生！

我也是在母亲走后才知道长林沟也是忠孝难两全！

这些故事是时间简单的重复，比如父亲走了，母亲也跟着走了！

村支书

从县稽征所退休回长林沟养老的二叔当了村支书记。

相当于故乡召唤游子，长林沟重用贤臣。

二叔在麻石镇上立军令状，信誓旦旦，说村子不改变面貌，他不辞职！这个自相矛盾的解释村民并不介意，反而把它当作新官上任的承诺，在长林沟没有半个人反对。

从高速路穿过长林沟，人们不再认为长林沟偏远，从我姐夫家得到拆迁赔偿款，人们不再以为长林沟的破房烂瓦不值钱！

隔壁的堂弟开始回去养鱼，把荒废的田地挖成池塘，河对面院子的向二娃悄悄回去种了一坡的果树！

去长林沟的泥巴小道变成硬化的羊肠公路……

要经历百年孤独才能等来的迹象提前到来，难道长林沟又要回到从前人声鼎沸，瓜果飘香，鸡鸭成群?!

当了村支书的二叔常给成都、重庆、广州、上海的长林沟人分享当官的快感，他有当官的瘾！

春风是他的拐杖，夏雨是他的饮料，秋果是他的工资，冬雪是他的棉被！

他翻山越岭的电筒是他不停写写画画的手机！

他想把长林沟复兴的善愿来自一个共产党人的内心坚定信念！

大院图

回去，回到年少时的梦里！

我从陆路回去，把清澈的河水留给蓝色的天空。

在清明节的炊烟里，母亲还穿那件单衣，“回来了，回来了！”那么多声音，为什么只有这一句久萦耳畔？

那么多画，为什么我只带一张图纸回去？设计师匠心设计的周家大院效果图。

建筑是中式风格，适合大山的胃口。

这得推倒整个风雨飘摇的老房！

这得惊动几百年稳坐中堂为一辈一辈长林沟人安魂的神灵！

这得用蛇皮口袋拉钱回去换钢筋、水泥、河沙……

二叔说，有土地增减挂钩政策，补助，修！周家大院就是新农村！

堂兄说，再修一座空城劳民伤财！何用？

长辈说，修！叶落归根！

叶在哪里飘？根在何处生？

酒过三巡，乡亲们的众望不知何归，唯有一片苍绿从远窗而来。

长林沟周家大院的图纸徐徐展开，一幅山水一段乡愁一曲悲歌……

（选自《文学书院》2019 年 8 月）

生命河流摆渡人

_谢显扬

从慈母胎盘，到呱呱坠地。咫尺天涯，朦胧真知，生命奇迹，跨越时空。

白衣天使，你见证生命脱胎，你缔造平安灵魂，你是诗意河流的护生员，你是凤凰涅槃的生命河流摆渡人。

从人之初性本善的纯真稚嫩孩提，到朝气蓬勃青春飞扬的金色年华。从风华正茂倜傥而立，到洞察世事身心不惑。一路始终有你。

白衣天使，你仁爱守护咿呀学语，你仁心激励蹒跚学步，你仁术滋育心智成长，你仁德呵护健体翱翔。

白衣天使，人生旅途上的思与悟、病与痛、哭与笑、悲与喜、知与行、得与失、忠与孝、寻觅与困扰、相思与忧郁、青春与皱纹、美丽与丑恶……有你体验和认同，人生奋斗河流的流程，有你护航与救赎。

生命是一条美丽曲折波澜壮阔的大河。河岸妍花绽放丽蝶纷飞，美果累累缀满枝头。然而，我们的白衣天使，你甚少驻足流连观花，更难得品尝人间天伦硕果。你的生命时光都去哪儿了？

——倾心倾情奉献，救死扶伤履职，你在履行生命河流摆渡的神圣使命。你毕生让自己的生命之花寂静祥和地绽放在接诊室里、手术台上、病患身边。花蝶匿迹，只向人类奉献果实。

白衣天使，你是生命河流的摆渡人。

白衣天使，你是理想信念的摆渡人。

（选自《南方都市报》2019 年 8 月 25 日）

千年古树王

_ 宓月

在都江堰市向峨乡棋盘村一个山坡上，矗立着一棵古青冈树。

据说，它的树龄有1300多年。

我见到它时，它没有一片绿叶，树皮沟壑纵横，躯干上蚀刻般的累累痕迹历历在目。在一片绿意盎然的山坡上，它巨人般巍然站立，向我们展示它的筋骨，久经沧桑的生命力。

据专家说，它已经枯死。但我不相信。

只要没有倒下，就不会死。

紧挨着它的一棵小树枝繁叶茂，很容易让人怀疑，那是生命交替的结果。但没人能够证明它们有血脉关系。也许，那是它领养的孩子。

它那需要几个人才能合围的巨大身躯，曾给数不清的鸟儿、飞虫蝼蚁，一个遮风避雨的家园。

有多少人在树下玩耍长大，又有多少人埋在它的周围？它庇护着他们生的快乐，也庇护着他们死后的世界。

一棵树的命运无外乎抽枝长叶、开花结果，或被砍伐做家具、做纸浆、做木屑、做柴烧，或与这片土地融为一体，或被埋在地下成树化石。能成为一道千年风景已是奇迹，也是莫大的幸运。

我们每年都在栽树。在城市里，但我很少发现一棵巨树。而这棵青冈树是怎么成为千年古树王的？它是如何经历了风风雨雨而不倒的？

它经历过“5·12”汶川特大地震。它经受过无数次电闪雷劈。它听到过无数的欢歌笑语、哭泣呐喊。它看遍了人世的风云变幻，也享受了无上的荣耀和膜拜。

如果它写一部自传或者见闻录，一定精彩纷呈、惊心动魄。虽然它从来没有挪过地儿，但它却拥有我们人、它的许多同伴所没有的漫长时间。在这样的时间长河里，即便是周围方圆几里发生的事，也足够写一部砖头样的巨著了。但它没有写。也许，它觉得写在纸上，就得先将自己粉身碎骨化作纸浆。也许，它不屑写，因为没有人能读懂。也许，它一直在写，写在自己的身体里，写在扎到地底深处的每一寸根须上，写在天空里、大地上。

现在，它不再长新枝绿叶，它庞大的身躯在日益缩小、干枯。

日日夜夜，风在它的身体里跑进跑出。青苔、杂草在它身上安家落户。不肯离开的鸟儿在它的身躯里筑巢繁衍。有条巨蟒将它当成憩息地。它身上爬满了无数飞虫蝼蚁——它死了，依然孕育着无数生机。

作为一棵树，一生没被刀砍斧削，这是上苍的眷顾。它努力回报着这份眷顾，站成了一道风景，创造了一段属于自己的历史。

四周，青山巍巍。果树结满了果子。竹子、小树、野草，正在热烈地生长。村庄上，新修的房舍整齐而美观。它是不是感觉到了该告别的时候？该踏上生命的另一段旅程？

当我仰望它时，一块风干的树皮随风掉落。我小心翼翼地捡起来。虽然它已风干，裂纹斑驳，却坚硬而厚重。揣着这块树皮，我和大家一起坐车离开了。

阳光里，它饱经沧桑的模样，显得那么平静祥和。我回头望着千年古树王，直到车子拐弯，它的身影消失在我的视野里。

也许，下一次我来时，它已经与这片土地融为了一体。这么想着，我便将手中的树皮又攥紧了一些。

当天晚上，我做了个梦。梦见它身边的那棵小树已经长成了它的模样，巨大的树冠像一只挪亚方舟，一只鸟飞来，又一只鸟飞来，松鼠成群结队地爬上树干，孩童在树下玩耍，一群人在它周围载歌载舞……草木越来越繁盛，绿色在大地上蔓延……

（选自《湛江科技报》2019 年 12 月 9 日）

茅台镇的高粱

_ 干海兵

对一粒高粱的追怀

此白色的瓶中囚禁着诗神，亦如小宇宙，最低的回声是削天地的火。

一万颗初乳样的流泉，遇块垒而不迂回。

何曾有块垒？大风坦荡，星辰飘浮于箭杆红樱的手臂，哎，如此飒爽的出击，等他来，等她来……

或用骨头擂那跪着的灵魂。或用血质的潮涌把男人们埋于江山的漩涡。

——不过是一粒红着脸膛的高粱吔，不过是一个不将来路当来路、不将去路当去路的，天下众酒的父亲。

我闻到了季节的香气

月光幻化为酒、露珠幻化为酒、小风滴答，满山满野的香香的初红呦。

她接近了星空，蓄积天籁而深隐不发。

喝一杯酒，万千的美少女下了山岗，敬一杯酒，唢呐燃烧在赤水河的两头。红扑扑的季节呦，我且带你游走四方。

我且告诉你人生不过如此耳的秘密，我且告诉你，茅台镇的高粱长着飞天的翅膀，举头望明月，美酒皆故乡。

（选自《酱香之爱》，贵州人民出版社，2019 年）

潇洒之春

_曹雷

春回大地。是来看看你怎样的帅气充盈，怎样的灵气逼人。

从一万朵含苞欲放的蓓蕾里，就能一眼找出你；在一千种扑鼻而来的芬芳中，就能一下子嗅到你。

春夜星空浩瀚，潇洒，你是我眼中最亮的那一粒。

凭着神赐的感觉，凭着我们之间的默契，凭着看不见扯不断的血亲纽带，这隔代的爱，被紧紧地系在了一起。

人生得此，还有什么诱惑不能抵御？还有什么欲望不可以舍弃？

这是你在世间的第一个春天，这只是漫长人生的开篇序曲。我想告诉你的是：正如万紫千红，你只是里面的一朵；百般馥郁，你只是其中的一缕。

为着以后每一个春天的美好，你要融入其间，无论是绽放还是吐露，完成好属于自己的那份参与和担当。

这个春天的祈愿：我就像老树枝柯，使劲把你往上托举，让你小小的身影，在繁茂枝叶间，自由地闪耀。

潇洒，听见了吧：你一岁的天空上，又一个四季轮换的乐章奏响了……

（选自《南充晚报》2019 年 6 月 19 日）

城市的曲谱（选章）

_语伞

音乐厅

先于耳朵洗净天上的乌云。先于曲谱流动起来，使车来人往生出旋涡之美。先于等待的前后，捕捉夜色的降临，准时迎接一个黑袍子里装满乐器的夜晚。

去见这位城市的艺术大师——音乐厅，春风沉醉你就喝一杯酒，秋风晚来急你就把十指连心的双手放在脸上。他有木质结构的旷远的空谷之音，你可以一言不发，把夜和曲子分开，把曲和调子分开，再从咏叹调里过滤掉灰色的叹息。

身边的陌生人，正在遗忘纷繁复杂的表情。朝着同一个方向，又仿佛不是同一个方向，悬置相互都听不见的声音。此刻，这个世界谁听得见我，我听得见谁，模糊，或清晰，前后左右望一望，答案属于未知就好。前后左右的人，像一座山就好，是一片海就好，眼神如危崖，上面有一棵树就好。

小提琴来了，长笛来了，萨克斯管来了，钢琴来了，锣鼓、唢呐、二胡也来了……你不拥抱他们，你就不能回到自己。你不回到自己，就无法被万物围绕。音乐顺着暴雨飘下来，你坐在光滑的木椅上，混响像精确的节气，比汉语还鬼魅的和声，充满了整个音乐厅。

但是，抱歉了大师，我在倾听世界的微笑和时间的毁灭。

图书馆

唯有灯光，带着时间的吻痕，垂落。

图书馆宁静的内脏，隔开了这个午后的空白，以及窗外饱满的车鸣声。

我只是一个浅浅的心跳，栖身于此。我只是，在驯养来自语言世界的斑斓之虎，等它狂野的胆识和勇气，赐予阅读以惊喜。

页面的墨迹，在重提途经这里的人对于笔尖的迷恋。

一群词语蓄谋已久，在笔下的灵感里奔跑过了。思想还停留在纸面上，隐而不显。

有时候，一句话就可以把所有的角度引燃，像眼眶里突然射出一支带火星的飞镖；有时候，一枚汉字也可以操纵自己的理想，并且看到今生，漂亮的余烬。

书架上，居住着传递圣火的人。

他们的面孔，先于他们的悲欢，将整个世界过滤。

他们赞美自己，以挽歌，在清澈的文字上空，移动眼神、脚步、生死……

收集或整理，我膜拜的图腾不可靠近。

图书馆诡秘的想象，从纪念碑上取下墓志铭，一些符号，早已落入秒针，化为虚无，掐灭了一切，门的按钮。

（选自《大沽河》2019 年第 2 期）

贺兰山（外一章）

_亚男

有风。撕裂。

一路颠簸，我不能平缓地呼吸和视野。一块块石头，锋利无比，坚硬地刺向天空。

20 亿年的海洋沉积，森林裂变，竖起一道屏障。

于是有了塞上江南。

但我来到贺兰山，江南却披上沧桑。我一直想用一种声音来覆盖，迟迟得不到回应。

所有的光都从灵魂里暗下来。

如果有雪，贺兰山更为悲壮和凛冽。

多么疼啊，风怎么也吹不去。吹不去我一个人站在光秃秃的，裸露的灵魂的失落。尽管有阳光也是冷冷的。

我用坚韧写下贺兰山的刚烈和陡峭。

近处，一笔笔厚实的油彩，画出生命轮廓。远处，是一笔笔苍茫。

一个电话进入阳光批注了的贺兰山。山势愈来愈逶迤，亦如生命的跌宕起伏。

仿佛我看到 10 万人的浩荡写出的历史长卷。

只有石嘴山在黄河的怀抱中，那一片田野和湖，不断向我靠近。

自然有我灵魂里不同的态度和认知。

只有烈性的酒才懂得贺兰山究竟还要几亿年才能将江南的温婉培育出来。

这人间，一小块光阴，与江南遥相呼应。

贺兰山，我来过。我敬上一杯我的坦荡和热爱，江南已酿好。

沙　湖

我已经感知不到细腻。

一个湖在贺兰山下，沙聚集在一起，我却握不住。

猎猎的风，吹来驼铃声。芦苇荡和沙，倒映在湖中，我还是孤独的。

每一张照片，烙在沧桑里，水鸟已不知去向。

一个人的甜蜜构成，就是在沙中握住一个人的思想，并不断传输。

我用一张张图片来填补岁月，我只想分享给一个人，多了就失去了我的人生准则。

湖水是专注的，也是执着的。

虽然不能和江南的水相提并论，但也有水则灵的道理。

沙湖灌溉着我此刻的想念。

如果再去，我一定不能落单，要邀请一阕婉约，在盘口上绣一只蝴蝶。

我庆幸，沙湖的沙不管什么时候都没有板结，一直有一种生命的活力。

当然得益于贺兰山这道屏障，把西域气候屏蔽。

灵魂里的鸟儿飞得再远，也不会失落。

（选自《宁夏日报》2019 年 11 月 21 日）

南江大峡谷写意（组章）

_夏寒

山、谷、风、雨、水、浪、诗、歌，赋予了南江大峡谷以灵魂。南江大峡谷的灵魂与我的灵魂是相互交融的。

——题记

一

看，天坑。

在开阳，我的神经拖着我的沉重，我的沉重拖着我的双腿，攀缘。

走近一点，再走近一点，站在地平面，周围是树木和草。

俯瞰，大地深处，我的汗水滴进一条清溪，神秘地汇成一汪碧潭。

天坑，那个大地天然的缺口，鼓动我的汗水带着我的灵魂，去赴约。

天坑深处，有了我的存在。

我的灵魂，被天坑占去了七分，剩下的三分，着陆很难。

天坑，深陷大地的不足，是大地的神秘彰显。

俯瞰，我高挺的鼻梁可以犁开大地的一条缝隙，却难以填补天坑的不足。

但只要，那条清溪，从我的鼻尖漫过就够了。

二

山，高耸。

顶天立地的姿势如铮铮铁骨，可以托起日月与星辉。

走进南江大峡谷，呼风唤雨的时光在这里堆垒，沉静的岁月连绵起伏，喀斯特地貌的本质积淀的灵魂发酵。

大自然，叠加雄、奇、险、峻、秀，在梦想里耸立。

高山下，河床与水交织柔美。

我置身于一场艳遇。

三

谷，深远。

刀削斧劈，需要怀揣心愿映照四野。

一场预期的匍匐，逼近一线天、喇叭口、梯子岩、罗鼓冲、佛光岩。

大地传奇的蛊惑与引领，指向苍翠欲滴。

美丽，如高不可攀的童话。

山川，是仙境的天籁内心的情感，从岩石的第一条缝隙里深陷。

我把誓言，写在峡谷的岩壁上。

四

风，吹来。

南江大峡谷，我贴紧你，贴着你凝聚了时光辗转的岁月。

贴着人世间悲欢离合，沿着大峡谷涌出激情。

生命的原动力，从峡谷的高处涌向低处，用声音诠释你的奥秘。

生命，以流水的方式完成了尊严。树木直起腰身，果敢的节奏找到光亮。

芬芳，弥漫了天空。

土地的喜悦是金色的阳光，在草尖上的心语。

五

雨，迷蒙。

渲染，南江的方言。缠绵，在初冬的日夜里酝酿玉液琼浆。

我站在高高的山顶，双手扒开第一缕晨光。

在初冬，任一条河将我漂向远方，任一道峡谷将我重重包围。

我随着你的跌宕起伏而跌宕起伏，并让你的跌宕起伏在我的灵魂深处表达澎湃和激越。

今夜，清风吹来，仿佛在诉说远古的往事。

我高挺的鼻梁，无限度地放大，可以填平一条清溪。

让它，浇灌出草木的碧绿。

六

水，流淌。

急着掀开大自然的谜底。

喀斯特的秘史，在耐人回味的柔性的水中悠悠流淌明净。

你从哪里来，又到哪里去，我不必管。

只管那一河柔情，如梦如幻地走过险滩，向着远方向着远……

你的河，流淌着绵绵的情话，在卵石与水草间荡漾月光。

执着的信念，打开山的高度，新的思想，只想扑入低处，与泥土融合，沉淀人生。

浪花朵朵，是谁的笑靥？

七

浪，喘息。

每一滴晶莹，都是河谷表达的诗意。

翡翠般一浪一浪的波涛和柔情那么完美，我为了与你相逢，看水面上的涟漪，在沉沉暮霭中逍遥放浪。

南江的水，如清风夹着野花的芳香，拂去我跋涉的疲惫。

漂流在江面，黄昏和夜悄悄聚拢成安宁。在这幽深的峡谷之中，岁月的影子拥有了感情，懂得了如梦如幻的胜境，可以编织温柔。

八

诗，徜徉。

我手中的笔，从清晨到黄昏，随着阵阵馨香，领略清新。

南江大峡谷，是有灵魂的。

我只要，喊一声你的名字，你就会永远把我伴随。

立冬的内涵，提升峡谷的幽径。

南江的水，如清风夹着野花的芳香，拂去我跋涉的疲惫。

我热恋的心，放射着激情。

九

歌，轻吟。

醉了日月，醉了荡涤的尘埃，醉了我生命的驿站。

河流奔放，有时信马由缰，几分惊喜忘却一切，绿色狂想曲泻满峡谷的音符。

我的心，渗透在乐音里，歌声唱出流水的呐喊，承受着与石头的碰撞的快感。

流水，以山为景，冲向波峰，又跌入浪谷。

大地的序曲，水融化了我的灵魂。

花瓣儿在多风的季节，抽打明天的苦闷。

沸腾的体温引燃春天的方向。

（选自《青岛文学》2019 年第 1 期）

有的声音（外一章）

_陈志泽

有的声音挤压成雷，轰响着，在胸膛里滚。无论如何决不冲出喉管，决不冲破天。

他总是沉静得像一个深潭，难以望穿透明的厚度，只能倾听涟漪。

一条江河蜿蜒流转抑或奔流向前，携带着裂岸的石块，锐利着棱角出山。连回声也那么嘹亮激昂。

他的声音在光天化日下绽放无数花朵，在暗夜里光辉出盏盏明灯……

有的声音微弱如丝，却藏着骨头、颤动着针尖。只能磕磕碰碰缓慢行走。

有的声音很艰难地包裹，还是泄漏。

有的声音没有声音，只在划过的瞬间，在空中烙下焦灼的痕迹。

有的声音若隐若现，令愚者茫然，令智者猛醒。

有的声音一层层累积在幽暗的深渊，一旦喷溅，亮光闪闪让世界睁不开眼……

情 树

重重叠叠的卵形的叶。没有花的一座纯粹的翠绿。

饱含液汁、闪着绿光的叶——注满感恩的声音。

举起在半空，抖动着，沿着根的指向源源不绝散发出柔美的情……

山岭一样的树冠蔽空，为了消融火辣辣的太阳，荫护小草。为了迷蒙星星的窥视，给恋人垂下细密的帘。为了抵挡风霜的降落，为了卫护乡亲们的集聚，为了给鸟雀们一个村庄……

在我的故乡，榕被称为情树。

俗话说树大招风，巨大的榕常常在台风来袭时倒下。

但倒下的榕不死。它用仅有的根，更深地扎进土地，依旧把深情源源不断贯注每一个枝丫、每一片树叶。

榕，一个为情牺牲的长久的存在……

（选自《星星·散文诗》2019 年第 5 期下旬刊）

李满碧霞祠（外二章）

_栾承舟

花看着我，
我看着春天。
李满村，碧霞祠中，我的渴慕，有菊的绚丽。

风吹着泰山，很远。
俯仰之间，幻觉、冥想，如松一般苍翠。
一丝热流，尘寰正气，在天地之间，穿越；尔后，游弋。

这些树苗，一级一级台阶，还有，村落中的民居，风中的行旅，
在谁的心中，
生命似的，
闪烁……

汉时酸枣树

风吹着，
吹着岁月，
吹着：心上、血中长出来的千年老枝，百年嫩叶。

头顶，是一万年的明月；
脚下，是五千年的厚土；
身上，是两千年的时光呀，生成不同年份的树儿子、树孙子；
丛生着一个家族。

这人类之树，记忆之树，它长青，豁达，睿智，有清醒与开悟，坚韧与不屈，像歌，像词，又像赋；

每一条根，每一条枝，每一片叶，都很久远，像故事、童话、地方志里——

正在萌芽的春天。

杨抱槐

连体并生，声气相通，物我两忘中，安享天地造化之趣。
一种深入灵肉的疼痛，现在，颇有一些儿凉了。
大劫无痕，
如此尖锐。

吹过时空，万千仰慕的传说，正直面累累岁月，重新萌发新枝。

宁津大地上最古老的春天，走着，笑着，在我的心中，嫩绿着惊涛，万千枝叶扶苏，累累满树。

看着气象万千的远。

身体里，意识里，忽然多出来的许多枝丫，使我幻思，常常把风的窸窣听成歌的长鸣……

（选自《天山时报》2019 年 8 月 17 日）

谁的创造（外二章）

——致敬小虫子们

_红筱

一

草地上，一棵白色的紫荆花树。

远远望着，只见满树繁花。

树上有叶子么？

是青色的、黄色的，还是褐色的呢！

看不清楚。

花树，这唯一的仅有的一棵白紫荆花树，娉娉袅袅，挺立在春风里。仿佛万千只白蝴蝶，在振翅纷飞，在歌咏欢聚。

二

迎上前去，站在了花树下。

树上的叶子，稀疏零落，很难分辨色泽。

是青中带黄？

还是黄里泛着点点黑？

是绿叶的边上镀了金、刺绣上了花花？

还是干了、枯了、还原成了泥土之色？

叶，还挂在枝头上的叶子，被开满了天窗，被雕刻上了千姿百态的花纹。这款款深情的叶啊，在春风春雨中飞扬，演绎着天地间罕见的美。

三

近观，花更美艳！

那梨花一样洁白的花瓣，被春色重新描画；

那芬芳秀丽的花蕊 ，也被阳光涂抹得金光闪亮；

一场春雨，将每一朵花儿，濯洗得更加清丽纯洁；

一道雷鸣电闪，更是将花儿的涵养气质，磨砺得完美至臻。

就算花儿被剪裁成了别的模样，变成了狗牙花、月牙花……那也是一种崭新的创造，一种别韵，一种超凡的美。

四

是谁？

是谁啊，在创造这令人心醉的美？

是阳光、雨露，是春风；是大地、泥土，是春雷的涌动；是鸟儿在鸣唱，是鱼儿在跳跃；是大人们的劳作，是孩子们的欢笑……

哦！别忘了：还有那些尚未化蛹成蝶的——小虫子！

唱　和

一

当年，我们的父辈们，从五湖四海，跨越了万水千山，参加共产党、毛主席领导的革命队伍，走到湛江来了。

当年，我们在合浦、在湛江相识的时候，还是童年；大哥哥、大姐姐们也都很年轻。

一眨眼，半个多世纪过去了。

今天，我们相聚湛江，依然如当年一样年少，青春不老。

我们心里都在唱着同一首歌：《童年友谊》。

二

童年友谊是一顶皇冠，天真为珠宝，烂漫作流苏。

儿时的她们常唱：我是一粒米呀，别把我看不起；

年少的他们常想：我是一颗飞行的豆子，将永远伴随着米粒。

长大后，她成了别人的珍珠，他也成了另一颗珍珠的守护神。

有人说：宝石晶莹璀璨，可惜娇贵易损；

有人说：珍珠光彩夺目，却日久褪色暗淡。

成熟后的我们，始终保持儿时的天真烂漫，始终把童年友谊，视为生命的宝石。

纵然千般碰撞，万般磨砺，愈久弥坚，亘古烁燃。

即使相隔万里，思想的链条也会对接，往事历历，温暖无限。

三

酒是故乡的醇，茶是家乡的好。

走遍天涯海角，处处江南处处春，分不清哪里是故乡。只记得：春最深处是童年。

花开花落，年复一年；风吹草长，岁月如梭。

经历了长长的人生跋涉，领略了万种人世风情，终于明白了——

童年友谊是那最醇的美酒；

童年友谊是那最好的香茶；

湛江，是我们最美的家乡！

四

童年友谊，就像那三月里的蓓蕾，绽放着天使般的微笑：

童年友谊，又似那雨后小草上的露珠，晶莹剔透，美不胜收；

童年友谊，更像那一颗颗青梅橄榄，酸涩中裹着甘辛。

那时，是非常特别的年代，同窗六载，男生与女生，从不说话；

那时，又是让童年印记、童年友谊，永恒的年代。

童年友谊，这棵长盛不衰的花树啊，非一般的情感，别致耐品的滋味！

无论是酸、是甜、是苦、是涩，这如诗如画，似酒似茶，田园牧歌般的美妙啊，永远，永远地在你我的心海中回响、荡漾……

花言叶语

题记：草木情愫，阳光雨露滋养。微风吹拂，花草轻摇。呢喃细语，滴滴甘露。

1. **朱槿**

家族里有成百上千的成员，有无尽的变数。
可珍藏于心中的那一抹中国红，永不褪色，绝不改变。

2. **三叶梅**

花非花，叶非叶。
花是花，叶亦是花。
花叶合一，唯善唯美。

3. **白玉兰**

花香，叶亦芬芳。
温馨馥郁，心醉神怡。

4. **紫薇**

即使繁花已逝，落叶亦美。

5. **红棉**

叶，心甘情愿地坠落。
只为那花儿，尽显英雄本色。

6. **朴树**

全身心都是宝，却从不张扬。
即使，腐烂在了泥土里，
也要，牢牢地保持住本色。

7. 香樟

叶绿时，带给人们希望；
叶红时，带给人们温暖；
成材时，带给人们幸福。

8. 菩提

没有奉上花果。
却在心灵种植了：善美与真挚。
一切随缘。

9. 石斛

生命虽为寄居而得，却从来不卑微。
一生美丽奉献，只为感恩。

10. 兰花草

花紫、叶紫，连茎也是紫色的。
誓死将这皇家紫蓝调，进行到底！
只为印证：草根，也是高贵的。

（选自《散文诗人报》2019年总第50期）

我知道月亮在那儿（外一章）

_文榕（香港）

面对我的心花，我把月亮当成我的守护天使。

连续多日，我到花园练瑜伽，月亮一直在天空护佑我，她没有变，除了阴晴圆缺，仍如初升的光明，守着我。

今夜上弦月，我的内心仿佛不能应和她的微笑，昨夜的梦太奇怪，明明是一个人，却有两张脸，我恰逢善意的，也遭遇了丑陋的，这些，都在月下经过。

月亮的记忆，没有防线，我飘浮在瑜伽垫上像整个世界都承托着我，仰望月亮，飘忽而空泛，似航行于夜海上的小舟。我不知将来如何，逆境让我坚实和易足，荒谬的存有中，抽离以往的角色，安安静静地扮演另一个自己。

这世界缺少的仅是一个角色？或许在多生灵魂的转折处，我与自己相逢，直至思想重生，再度回到彼岸，木门红漆的百合花畔……

谁在这世界无束地游弋，以至伤痕累累？“那张无唇的嘴还能说些什么呢？只有我内心的另一种神秘的声音每天倾听着我的无知与幸福……”沉默的记忆，昏黄的冥想，我知道月亮在那儿，夜之神祇，或孕育于阴影，或诞生于光明……

（选自《大公报》2019 年 2 月 17 日）

天空的记忆

它，总在那儿守护我，聆听我，远或近，奇效或乏力，一直令我免于绝望。

我不该过分责怪它的苍白，应为它透明的神情深思与喝彩！

总是无法跨越过去未来，只能顺着时光的轨迹梦一般流逝段段记忆，那存放在天空的时光之匙需要神圣的密码。

怎能不在乎抒情呢？如果歌音是理智的，花朵为何绽放？僻谷是幽静的，哪只手又会采摘玫瑰的艳红？

近来我喜爱行山，它一遍遍治愈我无形的创伤，山风送来流水的轻，远方隐隐的雷声，像甜蜜的安抚，存于风之歌中。天空的记忆遗忘了前因，一如我潜入前世的提示也改变不了今生的命运，仿佛我走在丛林，迷失了今世以后的路，长长短短，走走停停，经过甘甜的泉水，永远是清幽的橄榄树林……

（选自《大公报》2019 年 7 月 28 日）

唐古拉山夜灯（外一章）

_王宗仁

我翻过唐古拉山，前头的路断了。
夜色渐浓，渐变宽。回头望，
山顶歇着的那个黑点是鹰吗？它像漆黑得发亮的一颗汉字，
在无边的黑夜，静立不动。它的翅膀被夜藏起，
还是那只遨飞的鹰吗？

藏北的夜，空寂，无人。
我睁大漆黑的双眼，寻找光源。
远方的远处有一粒亮光，把暗夜撞疼。
我朝它走去，它离我越来越近。

放大的美丽。

我知道那是兵站的夜灯，专为四野的夜行人亮着的夜灯。

冬夜已闭上眼睛，它亮着！

那个兵站在山顶很高很高的岔口。

屋檐的高度可以摘取星星。

灯光像天上的星星，

兵站的星星。

我想，城里的楼房再高也超越不过这盏夜灯的灯焰。

寒冷的冬夜，藏北也可以描绘出花朵。

我朝着灯光走去。今夜，我是兵站迟到的投宿者。明早我肯定是它的早起人。

在这广袤的夜的藏北荒漠上，我心满意足地只收走这小小的却温暖千万人灵魂的灯光……

兵站窗台的花

在这荒原上，没人知道它的名字。无须知道。

它亮在雪山上，像放在膝前的小灯。不是开放，而是燃烧。把一切娇气拒之门外。

只为兵而开。

喝着雪水，吃着冰碴。它没有自卑感。

当班长把舍不得吃的维生素喂它时，它猛地蹿高一节，表示了感谢。

兵们就是用如此简单的方法，把美和美的态度种在了雪山上。

它很有情。

每在兵缺氧卧床时，它低下头悄悄忧伤。

有时还张开花唇，不是讨要，而是有话要说——

这天，班长的女朋友专程上山把它探望。那花陡然间变成一只小船。它要载着姑娘和班长出门，远航。

班长有言在先：慢点，我有条件，我们可以走到天涯海角，但是还得回到雪山……

（选自《散文诗人报》2019 年总 52 期）

海上落日

_ 邹岳汉

水天相接，烈焰腾烧。

独自漫步吹拂着咸腥海风的一带平软沙滩，我看到轻描淡写的海天边际线上方，悬吊着一颗摇摇欲坠，熟透了的太阳，

迟缓，而安详地，躺进另一颗在海面上漂浮挣扎，即将要沉没，即将要熄灭的太阳的怀抱里。

（久别重逢，还是最后的诀别？）

亲密无间地，拥抱着。

不消片刻。它俩就在热烈的拥吻厮磨中缓缓熔化，融合成同一颗缓缓地陨落的太阳，一起踏入清静无为、万有同一的宏阔境界。

不见仙子凌波起舞。

唯百鸥于此间翔集。

而此刻，那些散布在滨海，被起起落落的潮汐重重包围、困扰不已的大小岛礁，犹如一群被无端激怒的黑脊白腹的巨豚，狂呼奔跃不已，拒绝在暮云压顶、恶浪喧嚣的境遇中沉没。

一匹匹篇幅浩大、光芒闪烁的金波，轻轻地抖开来，抖开来……

然后，轻轻轻轻地覆盖了它们。

（谁，高举起一支，引领它们从容地走向归途，摇曳着的烛光?）

苍凉空阔的海面，隐隐传送来阵阵似告别、似祝福，低沉婉约的颂歌。

始于朝霞满天、万目同瞻的伟大辉煌啊，此刻，已渐渐归于温和，肃穆，平淡。

浪击船舷。

温柔地，絮絮地诉说。

依然心怀不平似的。夜潮，一帮气势汹汹的水怪般，从遥远、趋于昏暗的海面上一浪咬一浪地卷了过来，毫不留情地，扫荡掉散落在我身后已然空寂的沙滩上，所有杂沓纷纭的足印，以及白天在这儿游玩的那些孩子们，用心而尽兴地堆造起的迷宫、沙堡。

（选自《星星·散文诗》2019 年第 1 期）

望尽苍茫（选章）

_吕海沐

六

我曾经失落的梦，我不曾拥有的梦，山林的一切，鸟语花香流泉，云飞雨洒和坚果爆裂的声音，那惊慄，那悲痛，那样高昂，那啸吟，有如山歌和号角，这说不清楚的痛苦和快乐声音。

秋声啊！

九

但我的心，仍然在等待一片长生着的黄昏，那些枝条间的霏霏雨丝，柔嫩的手指，拂着脚下的爱情，让那些神秘的色彩在草原的泉水的声中传递着希望。啊，我坚信在你的梦中，复印着我千年的梦想，在凛冽的风中，诞生着一片往事……

十五

若有所思的灯，依旧灿烂地注视那个叫作岁月的女人，在款款前行；太阳依旧，青山依旧，——谁总是把季节的花放在水中漂洗……

十七

难于放下背上的沉重的缥缈，红唇相生在沉重的枝头，而挂在风中的往事却片片飘落。

啊，当最后一片叶子风化而释然无时，我却成了一阵春风。

（选自《散文诗人报》2019 年总 52 期）

戍边者（外一章）

_张宇航

一条路通往雪峰，两排杨树向往圣山。树再高也高不过山峰，只有路可以沿着它的臂膀，伴随它神圣的璀璨。

高原的阳光炽烈，能将土地烤得焦红。而在湖边，仍有树木葱葱。雕琢烂漫风格的，是大自然的鬼斧神工。

遥远的雪峰，正在与晚霞接吻，默默表达大自然最直白的纯真。来者在湖边，静静感受这肃穆气氛。白是纯真的表露，金是圣洁的象征。度过春夏秋便来，金秋意境油然生。堪回首，蓝天下、小屋旁，仍是一片繁盛。

边塞是如此荒凉，偌大的原野只有一排平房。雪山和湖水作证，军人在这里驻守边关。戍边者生活在阳光下，高原的雄鹰保卫着疆土。战歌声里，山更高，水更长。

寒秋黎明

漫长的秋夜已在黎明中消逝，村口的梧桐沐浴着第一缕朝阳。寒气就要化去，山村就要醒来，开始一天的繁忙。

梧桐树屹立在村头，背负着山里人生活的希望。花开花落、年复一年，送走无数岁月风霜。沉寂安然总是秋光，苍朴之中含着悲壮。弯曲的树枝渴望伸展，再绿的叶子终会变黄，便是单调的梧桐，一样追求五彩芬芳。

秋色降临芦苇荡，芦花开放，一片白茫茫。微风轻拂湖面，水中也有芦花影，远近都是惆怅。

（选自《散文诗人报》2019 年总 51 期）

火与水（外一章）

_陈惠琼

两岸的明亮，灯秋阳一样，天空野火撩开珠江的一团水。欢叫、笑容装满眼睛的船……

瞬间，泪珠两颗，欣然而至。闪在珠江漾开的眼角，装入灯笼花里。

却是十月一日之夜。

海珠桥的记忆，南北走向一次一次。飘落更多时，与路灯
迷惘。飘落更多时，似榕树上方的星，难怪永驻沙面。

火焰点上，万盏不同

星辰，弥漫。

无际的天空，生出无数的情境。沙面的大榕树籁变抒情的诗歌。

融化流涌成为永远，一小时一小时加叠数字，138000 发出的烟花在天穹翻腾……

那帘幕颜色不同，云山珠水，谁织上去字句。加叠的还有广东音乐。

正是泪眼中望见的人民。

（选自《散文诗人报》2019 年总 52 期）

绿的使者（外一章）

_徐孝先

夏至雨来的时节，绿的使者们，向我致意，风把清香带到。

自歌自笑的日子，空气里也充满着应许的芬芳。

绿色的王国，在我生命的许多流逝的时光中，都有印记。童年在尘土中的快乐，田野里所听见的竹音，和今天的回响是相同，

走进林径中，一直不停地走，心灵是受氧的指引，走向不断放宽的生态。在那里，不懈的力量向着保护伸臂。

扒龙舟

最终凭着真实的心动，有了呐喊的感觉。喊过似雷的声音，一阵一阵……

啪啪的水声，总是躁动。

还是扒龙舟，先抓那岭南记忆的桨。悬之于旧日旧时，映进荔枝湾。清清的日光，有风。有涨水？有汗水？

目光随龙舟涌动。

我去追逐龙舟，龙舟追逐龙舟，还是追逐了自己。

（选自《散文诗人报》2019年总52期）

向夕阳致敬（外二章）

_王成钊

此刻，任脚下滚烫的沙丘涌动，任灼热的大漠风劲吹，一个鬓发斑白的跋涉者，岿然挺立，拥抱余晖的灿烂，正在向金灿灿的夕阳致敬。

跨洋过海，驱车冲沙，辗转千里万里，来到大沙漠，就为了在四十多度高温中，体验生命力的蓬勃，检测挑战自我的意志……有浩瀚的沙漠作证，有火红的夕阳作证。大漠高处，矗立出一幅傲然的剪影……一望无际的大漠，恍如大海，起伏着金色的沙浪，静止了岁月的轮回，凝固了时空的逶迤。却不见一丝苍凉，一丝迷茫，只见浩瀚的辉煌，正在展示强烈的震撼力。面向夕阳，眺望茫茫的大漠，看不到生命的尽头。只看见一列驼队，正在跋涉在沙脊上，摇起天籁般的驼铃，走向生命的高处。当人在旅途，心的皈依仍在远方。当人在跋涉，躯体就充满了生机。

高温的炙烤，干渴的考验，风沙的洗礼……又一次，为自己在人生路上，立下一块坚实的路碑，树起了生命不息跋涉不止的标志。

向夕阳致敬，这是金秋的姿势。岁月峥嵘，青春仍然屹立。回望，在夕阳的万道金光中，那激情燃烧的岁月仍在烁烁。极目远方，在无垠的天与地之间，生命的风帆已经扬起……

重逢南归雁

秋凉。枫红。丹桂飘香。

我站在红树林公园的堤岸上，一年一度，为一个美丽的约会，沐浴海风，遥望海天，拥抱着一片深圳蓝。翘首云樯林立，远眺巨厦幢幢。在每天都在长高的天际线上方，我在捕捉那一幅熟悉的剪影，静候北雁南归。突然，我看见了，看见了，人字形的，一字形的，雁阵从渺远虚蒙到清晰如画，在海天之间画出一道道矫健的轨迹，凌空起舞，排列出秋的仪仗，掠出秋天的姿势。恍惚间，雁鸣海湾，盘旋而下，降临红树林海面，降临国际化大都市特意留出的栖息地……追随雁阵南归的，还有鸥鹭、白鹤、鸳鸯、琶鹭、鸬鹚……好一个秋满海湾：鸟群漫舞翩跹，鸣声起伏喧天，红树吐蕊拔节，海湾轻波盈漾，一派蓬勃生机。一座国际化都市，矗立在祖国版图的南海边，从奠基到落成，在百鸟和鸣中，如玉树临风，丰满了祥和，漾起了温馨……当成为国际标杆都市的蓝图正在大湾区展开，就连候鸟，都齐聚海湾，欢声祝贺。此时，一个曾经的开拓者，站在一座新都市的胸前，也学南归雁，展开双手，以矫健的姿势，饱览秋的成熟，挥洒秋的夙愿，乘风展翅……

为朱顶红题照

一花知秋。谁会相信，这是秋之姿势，不是春的信使？

你是你的盛开，在秋风萧瑟之际，留驻了春的颜值。

盛开的姿势，是这样奔放，烂漫，没有春雨中的娇柔，没有夏阳中的张扬。坦呈一种本色，擎起高雅与淡然，在秋阳一中亭亭。让春的姿彩，在萧疏黄叶中，挺立清奇。

不曾在春的花丛中争辉，不曾在夏的纷扬里斗艳，只是悄悄地吮吸雨露，沐浴骄阳，孜孜地积蓄养分，涵养天机。

饱含一种情操。

当时令一到，箭一般挺起一杆又一杆花苞，独立寒秋。

既不争春，也不炫夏，更不悲秋。

难得的天性，恪守自己的活法，喜迎又一次轮回，只与红叶相辉映，蓬蓬勃勃地绽放秋色，守护一片知足常乐的时空……

悄悄探出的花蕊，没有雨露的滋润，依然晶莹芳华，娇俏含羞。

盛大绽放的花瓣，没有了春风的摇曳，依然傲立，或迎寒风秋雨的洗礼，或仰望蔚蓝的晴空。

天生丽质，潇洒一回，只将春的容颜，付予秋的辉煌……

就是这花，伴我四十多个寒暑，你孜孜，我亦孜孜。

当年从沸腾的矿山喜获佳品，火红的青春一起吐蕊，从此相伴相依。多少次调动，搬家，始终不离不弃。

可能是基因相同，才一次又一次幸会花期？

也许是天性如一，才能历尽世事沧桑时代大潮，在深圳这一方宝地，有了缅怀的权利……

（选自《散文诗人报》2019 年总 51 期）

三个人夜走皖南

_ 方文竹

腾起漫天云烟。落日，虎视眈眈，似将人间的一切吞没。此刻，留下三个人，三粒小黑点，移行于皖南之夜的腹中。

一位是我的大伯，走在前面。却不时地回头看着我，沟沟壑壑装于他的心中。一路上，他沉默地计算着什么；不时地抬头一望，明月是一只亮饼，高悬着。

一位是我那位大城市打工返城的侄子，脚步正急（大伯和我赶不上）。小桥流水俏美。春天的高领衫，敞开着蓝调心情。

短信刚刚发完。远处一列火车的轰鸣传来，他说，这多像公鸡夜叫。

一会儿，大伯和侄子争起来了，生活的勺子越搅越浑。

山阴道上，一只夜鸟，恶狠狠地飞出了草丛，叫声像硬币抛下，扰乱了月光的旋律。

夹在两个白昼之间，灵魂开始逃离，美丽的野菊花一样星散。

我在一地的月色里，遍访晶莹。

（选自《星星·散文诗》2019 年第 4 期）

故乡的孩子（外三章）

_杨祥龙

我追着故乡的月亮，披着银色的衣裳，从城市的万家灯火中走来。

乡野的风在耳边窃窃私语，我想起爷爷孩提时教我的乡语。月亮许我洁白的眸子，读懂今夜的故乡。

月光在泉水里，眨着眼睛，绿色的野菜和露水靠在古井旁，梳洗白天里的尘埃。爷爷种过的香蕉田，狗尾巴草丛藏着星星点点小野花，像小时候的阿敏扎着小辫子。

那一年香蕉病了。

那一年我在异地他乡求学。

那一年，爷爷弯曲的脊背走不出那条泥泞小路。

我在一片红薯地里 ，划亮一根火柴。

远处的稻香，弥漫整个秋色。

乡下的夜很静，静得听见蟋蟀的清唱，荷塘里的蟾蜍偶尔发出高音，还有一阵阵青蛙的伴奏。乡下的夜很黑，这里没有霓虹灯，一根火柴，可以照亮红薯叶的绿、荔枝树的红还有海鸥的白。

今夜的乡野，是一张张票根，一群孩子从城市走来。他们会读懂这片土地。爷爷说过。

除夕前的父母亲

咕噜鸟在榕树上，用歌声挑逗晨曦的半弦月。麻雀跳跃着晨操，在瓦房和院子的菠萝树之间，丈量这片土地拂晓和黑夜的距离。

偶尔从菠萝树叶上溅飞下来，星星点点落在院子里，那是鸟儿，清晨里最早的告白。

我的父母亲，是乡野的闹钟，三点准时弹起。乡野的路匆忙的步伐，露水打湿一路的尘埃，路边含羞草含了又开。西厢的床，一年也就这几天，容我亲热。凌晨母亲柴门打开，瓦梁上的梦醒了又睡。父母亲，赶在除夕前十天，像待出嫁的女儿，梳扮黑夜和白天。

院子的落叶，还没来得及躺到大地的怀抱温存，父亲已早早送走这片金黄，仿佛得罪长满老茧的双手。衣柜高高在上，父亲踮起一长一短的双脚，侍候着久违的尘埃。一些面粉，在母亲手里慢慢酥软，芝麻椰丝在牙缝里，像一闪一闪，漫天的星星。

我躺在，有阳光香味的被褥，小小的暖阳在梦里，海边的风追逐着，海浪交织着，厚厚的贝壳有了家。

我仿佛永远是个孩子，在二老眼里，是初时的模样，在院子里追赶着手电筒的光，不知疲惫，一定要追上的小孩。

另一个孩子，成为二老眼中除夕的瞭望，我仿佛是一艘木船，除夕的夜，从后海的凌晨出发。

八月的故乡

滴滴答答的雨，诉说乡愁不分昼夜。一点一点溢满，久旱的鱼塘。乌黑的板石桥，跳着蟾蜍和青蛙，油伞撑开在古巷，老奶奶在门前听着雨声。三叔家的狗，耷拉着耳朵。

六七点的炊烟摆弄舞姿，撩起白衣，多情的风带走一片云彩，钻进谁的心房？不知她昔日的主人，还有几人留守？阿雄、阿仁驻守他乡，留下狗和母亲，还有年迈的奶奶。

我，轻轻地走在红土地。小时的乔灌木，早已离去，还有我最喜欢的野菊花、桃金娘。

八月的故乡，多想俯身亲吻你，任由我的肌肤黏着你的身躯。儿时的母亲和你最近，清晨的田间与你相伴，日落的夜间与你呢喃。我的母亲用肩膀挑起生活，挑起五个孩子的无数黑夜和白天。我爱你，我们一起奔跑在乡间的每一缕阳光。

故乡，雨水写满乡愁，我的老母亲，凝望着我渐行渐远的背影，村口的老黄牛，以静默的语言，目送了我好久。记得小时候村口的石狗，有一对，来的时候，剩一只。

大岭脚的春天

比如，鉴江上的蓝，桉树林里的绿，茄子园里的紫。每种颜色挂满春的气息，像扎着辫子的姑娘，穿梭在山谷间。

比如，拾柴烧火的老奶奶和运土堆窑的小男孩，还有在阳光下奔跑的女大学生。每一个名字都有大岭脚的热情，仿佛春天里的篝火，驱走我们冬日积蓄的严寒。

比如比桉树还高的文化楼，一条条新铺的乡路，一栋栋雨后春笋般的楼房，仿佛春风，从鉴江之源头，扑面而来。

大岭脚的春天，是一场春风的告白。我们在阳光穿过桉树林的午后，采撷一片片绿色的叶子。

（选自《散文诗人报》2019 年总第 50 期）

人间烟火

_ 晓弦

在楠溪江畔，乐山乐水的你，可以把盘踞在山岙里的瀑布，叫作永嘉沙面；也可以把山里人家门前晾挂在竹子上的丝网般的永嘉沙面，读作瀑布。

你可以将穿梭在深山雾岚里的鸟鸣，读成楠溪江里的白亮的香鱼，也可以把楠溪江里的香鱼，读成穿梭于雾岚的水晶样的鸟鸣。

那喵喵叫着的花猫，定然是把在竹竿晃荡的那片永嘉沙面，认作是银光闪闪的渔网，把渔网兜住的鲜活的上弦月，认作是楠溪江里的香鱼儿；而成天喳喳喳叫着的花喜鹊，一定是把一树树的红柿子，认作是山里人家喜庆的红灯笼。

而我，则是把在隐匿在深山，那高高低低、宽宽窄窄、长长短短、折折叠叠的瀑布，认作最具灵性的人间烟火。

（选自《钱塘江文化》2019 年 3 月号）

太古仓的夕阳

_成春

仓库，码头，花卉相拥的绿道。

太古仓已是风情万种，姿态万千。在嘈杂喧嚣的都市，一个让你满眼美，身心放松的好地方。古旧的仓库，已把昨天的故事装满。谁还会想起，当年的吞吐量？

已被活化的太古仓码头，旧仓库的红墙，复活着几代人的希望。不再繁忙的码头，已逝的青春潮水一般。这里的江水，能照出最美的夕阳。无须肢体夸张，无须刻意改变表情，随心所欲，这里的一切都会把你衬得更美。红墙下的美丽花卉，清新甜美，早已笑对游人的目光。沿着码头漫步，或在红墙下拍个照，或找张有点古典的椅子坐下，江风徐来，动静相宜，诗意盎然。

与花儿合个影，与泛红的砖墙对对目光。火红的簕杜鹃，紫色的牵牛花，都是青春的笑脸。轻轻的脚步，也能惊飞无数梦幻。古朴又清新的太古仓，古典又时尚。在“春风十里”，年少的也许会得意自己的青春年华，年长的也许会把自己的光辉岁月回望。被绿色植物的纤纤之手轻抚的旧信箱，不再投递，与爱无关。

夕阳之下，一幅青春的逆光照片，一张模糊的脸。清风中轻舞的秀发，被阳光照出金色的光芒，给人美美的想象。这时的阳光特别温暖，连你的影子都显得很有质感。

朝阳里的健步，夕阳下的依恋，这广州的“城市客厅”，让你有主人一样的满足感。凭栏望江，有多少风华正茂的感叹。多少青春从这里出发，走向无边天地，壮阔海洋。

江风朝阳，或清风月亮。江水的脚步已放慢。

等待夜幕降临，等待霓虹灯多情地眨眼。当然你也可以更解放一点，带上一把吉他，约上三五好友，在温暖的夕阳下，一杯咖啡，一杯小酒，任江风拂脸，边弹边唱。

（选自《星星·散文诗》诗刊 2019 年 7 月号）

走进钢铁厂

_唐朝晖

弯腰穿过工厂里密集的管道，站在一排螺丝钉前发愣，五分钟之后，大海就铺在你面前，像临睡前打开的一本书，纯粹的大海，浩浩荡荡去到远方，你的身后，是巨大的工业基地。

深蓝色的海水，在脚下微微地呼吸，像早晨待醒的女子，声音浅浅地，应和着远处工厂里偶尔传来的声响。这里没有海滩，深度直接出现，没有过渡。

与码头一号泊位，相距一米远的海里，你发现了很多小鱼群，每一群八九尾，游在海水的最上面，时不时击起一小条条白色水纹。

还有水母，这种浮游生物出现在地球上的时间比恐龙还早，水母很讲究生存环境，水母透明，白色，身体 98% 都是水，你看着它在海水里，有时候像降落伞，有时候像一朵开在水里的莲花。

海里、岸上的铁架，吊臂、运输机、起重机，柔润无形的海水与钢铁的菱角，静默相处。

码头一角，有灯塔。

（选自《百炼成钢》，北京十月文艺出版社，2019 年）

春天的阵痛

_崔国发

经历过分娩的女人，还有什么疼痛不能面对？

脐带相连，瓜熟蒂落。

身累：十个月的孕育，也只是为了梦中的这一刻。破茧或蝶变，是一种蜕。

阵痛之痛。先是流出了血与羊水。一个人的胎动，于母腹的起伏中，能明显地感觉得到，一个女人心中的未来与希望。

裂帛与挣脱，身体仿佛被撕碎。

痛了，不妨尖叫或者喊两声。打开一种生命的存在，从一道狭长的窄门中，艰难地析出，一朵含苞欲放的花蕾。

拼尽全身的力气，于温暖的春晖中喷薄而出，一轮新生的太阳。

稚嫩的诗与美：从曙光里的一声啼哭，开始了一个柔软与坚强的母亲伟大的称谓。

幸福的降临，原来并不轻松。

躁动的痛苦与幸福，在爱的襁褓中，又是怎样的相伴相随？

（选自《散文诗世界》2019 年第 6 期）

一弯古桥连接一座古镇的前世今生（组章）

_孙善文

永兴桥

五十米的永兴桥，我用一个小时行走。从此端到彼端，又从彼端及此端。

阳光把我打印在桥面上。光阴慢慢流走。

两百年的岁月也是这样摆设于岸与岸之间，所不同的只是时间派生的刻度。

表情斑驳的浮雕，在桥栏上彰显着当年的荣光。桥头面容依稀的石狮，用站立守候着往日雄性。一棵活了两百年的榕树，只需枝繁叶茂就可传续岁月，只因身上长着太多传说，于是便有说不完的故事，从一张嘴演绎到另一张嘴。

每一阵从桥面上路过的脚步声都带来风。无数的风帆曾以永兴桥的三个桥孔为坐标，乘风而来。只是今天的风已吹不来如梭般的商船以及曾经的繁华。带有咸水味的风，可以告诉你，这里离合澜海很近，但现在一幢幢春笋般成长起来的楼宇，已隔断所有来船回归的视线。

永兴桥，一座据传为中国最早路桥收费站的乡镇小桥，就是这样活在深圳宝安的闹市间。它先是活在清嘉庆年间的《新安县志》，又活在脚印重叠的脚印中。

一弯桥，因为活着而串起一座城镇的前世今生。

新桥河

所有的河流都肩负使命，用流动姿态抒发情怀，用滔滔不绝陈述理想。

新桥河水穿永兴桥而过，与茅洲河相通，直奔珠江口而去。无数的商船与它同行。

这是一条存活于文字中的河流。

现在呈现于我面前的却只是一口近万平方米大的池塘。它依然以蓝天为背景，一次次为这轮弯桥造影，试图继续营造着当年小桥流水的景致。

新桥河是因为时间而消亡的。

这泓塘水，我常常将其视为铺在地面铭记一条河的碑记。每逢微风吹动桥影，就可以看到行行文字有序打划着。这里有一条河的前世，也有一口塘的今生。

有时，一滴水也足以装载一颗太阳。

它告诉我，新桥河死了，但新桥河水还活着。只需清唱，便有和音。

清平墟

这是一座南方的小镇。当海风将晨曦吹开，来自福永、松岗、石岩、公明等地的山货、美味便会跨过永兴桥，在这里应有尽有地叫卖起来。

清平墟，一座齐名于西乡、南头、大鹏的深圳四大古墟，它每天的喧闹都是从桥头开始。

条条店铺林立的巷陌，曾被陈述成乱花迷眼。当繁华无法承接繁华，视线的末梢便如明日黄花。

四四方方、青砖垒筑的广安当铺是活在世上的另一个清平墟，它曾经顶天立地，商贾云集，俯视众生，在当铺里升腾的清香和一个个匆忙的身影中，一次次见证繁华，现在却是草木萋萋，瓦砾残败，见了沧桑。

其实清平墟是无须凭吊的。我总想着，现在的沙井、新桥、福永、松岗、燕罗等一座座生发的城镇，或许就是这里飘过去的一粒种子，一座离去的清平墟，已用伸长的方式展示生机和活力。

春去秋来，岁岁枯荣。每一回苏醒的偾张，都在告别前生。

（选自《诗林》2019 年第 1 期）

只我们还爱着这里

_扎西才让

从高原的天空里看桑多河，肯定是舞动的长长的银色丝带。
在斜阳桥上，我们看到的，只是一条腾挪而来的碧青的蟒蛇。
从银幕上看桑多一带，那肯定是众神出没的仙境。
在斜阳桥上，我们只看到广袤的桑多，被大雪渐渐掩埋。

仿佛此地是个起点，有人去了北京，有人去了西藏，
有人点燃了内心的野火，头也不回地去了国外。
只我们还爱着这里，和家人一起上街，一起登山，
在雪地里堆出小人，想减轻心里因为伤别而频生的疼痛。

（选自《星星·散文诗》2019 年第 10 期）

边关

_堆雪

与月亮挨得最近的一堵墙，留有方格的窗口，用来张望。

马背上的歌谣和步枪。走不动的云朵，令人难忘。

最高的山，最冷最干净的冰雪，敷在最热的额头和伤口上。

筋骨强劲的风，刮过四季。数着石头，数着日历，最后数到他们自己的脊梁。

也有梦，是那种蔚蓝色的，横过最恢宏的银河。一队人马走过梦境，倒映在天上，正好是北斗七星。

还有想念和自言自语，成为长篇累牍的日记，成为过期的月色和信件，成为重峦叠嶂的深度阅读和空气稀薄的空洞呐喊。

边关很远啊，但他们有更远的远方向往。

远方城市喧闹，村庄安详。远方灯火阑珊，河水流淌。

黑夜里，马蹄跑过，留下月光。

（选自《新疆日报》2019 年 8 月 1 日）

翁基的云海

_赵振元

到了西双版纳，景迈山的翁基云雾便是不可错过的美妙享受。

从住的宾馆到看山顶云雾的地方很近，开车不到20分钟就到了山顶，云雾就在眼前。

眼前的云雾一下子将我们迷住，只见一片白茫茫的云海，云雾如同一条流动着的白色长龙，在我们面前畅游。

这是非常美妙的景色。在云雾的衬托下，山峰突傲，如同仙境，如梦幻般的美景让我们如痴如醉。

通常，我们要在高山之巅才能看到云海的景色，如峨眉山、黄山等。

而在海拔不高的景迈山，上午9点就能看到丝毫不亚于那些高山之巅的翁基云海了。

云雾覆盖这整个景迈山，雾因水汽而聚，也因水汽蒸发而散。当我们下山时，山上山下的雾都已在逐渐散去，到中午时分，雾已散尽，云海也已无影无踪。

观云海，就是把握机会。一旦失去了稍纵即逝的机会，没有了云海存在的条件，云海也就不存在了。

云海，就这样在每一天这个时分等着我们，日复一日，年复一年，永不失约。

（选自《外面的世界》，四川人民出版社，2019年）

银杏（外一章）

_华海

叫一声银，再叫一声杏，就像呼唤我一对儿女的乳名。

汉语里的这两个字，轻轻地押着韵，碰成一个词：银杏。多么美妙动听！

我在想象的深处触碰这两个字，掂一掂银，银白的月光，悠悠擦亮了心情：摸一摸杏，杏红的恋情，一下子燃烧起时光的平静……

然而，当我真实地面对一棵被叫作古国植物化石的银杏，第一眼看到的，倒是它的普通、苦难和执拗的清贫。它絮絮叨叨的方言土语，我听不懂；也听不懂它穿过亿万年的枝叶传递过来的——大自然的密码和生命。

我只能从这棵老树上摘下几颗白果，熬一顿滋补的稀粥；只能用晒干的银杏叶泡壶老茶，在酷暑、浮躁的七月天清凉、去火……

24 时流水

凌晨 1 点。

入睡。看见你在地球的另一边醒来。

梦纷乱。遇到又走散，闹市中每一个背影都像你，掉头却是陌生的脸。山环水绕，在一片花田中迷失。

6 点。

醒来。在微信中读你的诗。一天和整个世界由语言的门打开，想象你穿上用晨光和茉莉花编织的纱裙，在无处不在的目光里，让自己静静地开放。

7 点。

早餐。最平淡的红枣莲子粥、清水煮鸡蛋，时光中慢慢溢出的味道。

8 点到 18 点。

在路上匆匆追赶时间，等待绿灯，你站在环岛对面。公文与公文之间，会议与会议之间，事务与事务之间，我抬起头，你就坐在窗外花坛旁边，像含苞的茶花一样安静。

19 点到 21 点。

散步或者读书，是无声的独白，只有一个人听到寂静中的回响。有一只昆虫啼叫，触碰到了黑暗中小小花骨朵的疼痛。

22 点。

一支小楷笔一张宣纸，一个个黑亮的墨字走在回静福山的路上。泉溪边，是你若隐若现的脸。

23 点。

疲倦和夜的黑暗袭来，一杯普洱茶如何抵挡初春的轻寒？所有的声音低下来，低到尘埃里；所有的事物融合成虚空中的一个巨大整体。破碎的水珠重新汇聚涌动，生死寂灭的循环在夜空中浮现神秘的星光。一日恍如一生，仿佛只是一次等待。

0 点。

拉上窗帘。在一个临界点上归零。看到肉体沉坠、灵魂升起。在心底道一声晚安，怕惊醒你遥远的梦。

（选自《散文诗人报》2019 年总第 51 期）

镬耳屋

_杨芳

是你装饰了古蓬，还是古蓬生动了你？

岁月之掌牵引，四百多年后的深秋，我寻梦而来，当年“笃笃”的打更声已消失。时间无法重置，岁月无法推倒，那一栋栋古朴的镬耳屋，仍矗立在青山绿水中，静立，无声。

挑开纵横记忆深处的蛛网，我向时光深处走去。旧日的细节裸露出时间的根须，斑驳的面目呈现在岁月的侧脸。

曾有过的嬉笑、吵闹、脚步……都凝固成冰冷的砖块，无声无息诉说着什么。遗失的梦，沉默的归人，又在哪里？

从前尘恍惚的时间容器走出，我回到现世的月色下。落伍于这个速朽的时代，她却记录了曾经，待后人翻阅起历史，从摇曳烛光中我读出了她的沉默、忍隐和坚守。

（选自《散文诗》2019 年第 1 期）

梦里蒙顶山

_黄伟华

饮一杯思念的陈酿，坐上月亮的飞船，悄然来到梦中的蒙顶山。全身的细胞像逃离了久久的困境，淡出的冷眼顿失九霄，剪不断的缠绵随风飘走……仿佛天盖寺一样清净，像清漪湖里游弋的小鱼，心在清清澈的天空畅游。

坚守你一方绿色的天地，一山碧绿，一山茶香，一山故事。在你的世界里，没有丁点尘埃的忧虑与疲累……

茶香、茶文化和茶祖的精气如漫山的青绿潜入心肺，潜入灵魂。外表没有喧嚣，没有声息，一切在默默中积淀，在默默中成长、增高增粗，在默默中抵达生命的辉煌，又默默地……

如果生命像你一样从容、淡定，一样无私无悔，一样生生不息、不动声色，一样……所有的风都吹不走一丝爱意，直抵桃源般的梦境；所有的烦恼与忧愁，在雅安荡然无存。

天宇间，一队飞雁慢慢划出一道霞光，它们是应邀而来，慕名而至？是七株灵茶的化身？如果生命像蒙山一样，有植茶始祖和后来茶人、茶禅的故事；有雀舌茶、甘露茶、石花、贡茶的神奇；有茶马古道、茶马司的神秘传奇；有“扬子江心水，蒙山顶上茶”千古姻联，所有茶文化的厚重和辐射，所有的争名、钓誉、低叹在名山荡然无存。

五峰耸翠，各具雄资，伫立在上清峰，俯视脚下的一群群青山，一层层的茶圃梯级，仿佛看见它们随心在荡漾、在歌唱，那青山上的茶树，还有花朵，在绿波碧浪中轻轻地、悄悄地诉说自己的梦。

青绿的茶树一点也不客气，它把透亮的绿涂满蒙顶山、涂满名山、涂满雅安；它们郁郁葱葱馨香齐袭。晨雾弥漫、晓岚弥漫、升腾，空气异常清香，清香……

（选自《现代艺术》杂志 2019 年 3 月 27 日）

春天（外一章）

_黄宏欣

我心中的春天是妩媚的，恰如丁香悄然绽放。

曾把自己幻化成一只粉蝶，张开双翅在花丛中翩然前行，不为别的，只为在花丛中感受一下春的魅力，只为与蜜蜂分享花的芬芳。

我心中的春天是清丽的，恰如芙蓉出清水。

片片桃花，飘落溪中，任凭那清澈的溪水洗涤冲刷，把芬芳赋予流水，素颜更相宜；颗颗露珠，悬挂草尖，任凭那微风抚弄挑拨，或洒或坠，只身归尘土，清新留人间。

我心中的春天是内敛的，恰如柳暗又花明。

要不是那枝出墙的红杏泄露了天机，靖逸怎知早已春色满园；要不是到山上的禅院转悠，乐天哪晓桃花还在拽住春天的衣袂不放；要不是那细密的小草铺满江南两岸，半山又岂知调皮的春风已到江南一游！

我心中的春天……

妩媚是她的芳容，有如宋玉笔下的邻家之女，增一分则太肥，减一分则太瘦；又如周敦颐笔下的莲花，出淤泥而不染，濯清涟而不妖。

清丽是她的名片，恰如张明敏的三月里的小雨，令人赏心悦目；又如刘欢的弯弯的月亮，叫人反复吟咏。

内敛是她的本真，暗香浮动才能传递她的思绪；明眸善睐才能洞察她的内心。

那一眼

从美丽的邂逅到痴痴的相恋，从一见钟情的浪漫到生死相许的约定，他们只因对望了一眼，就决定了今生的际遇。

隔桌相望了一眼，就一眼，深深地，深深地，把两个磁场勾连，她走向他，他走向她，他们不需要任何媒介。

他说他的江湖，她说她的梦想，一个来自陕北，一个长在淮南，相隔千里，被那一眼模糊了界限。

在人群中流浪了那么久，从北到南，从东到西，两颗心似浮萍飘荡，那一眼，让他们彼此定格。

西北的汉子，粗犷豪爽；淮南的女孩，温婉多情。对了那一眼，她决定跟他走，他许诺给她一个世界。

（选自《散文诗人报》2019 年总 52 期）

假如生命给了我诗意（外一章）

_唐雪群

假如生命给了我诗意，我会用文学的尺子丈量人生的高度与厚度！

曾几何时困难与磨砺又算得了什么！不过是给人生攀上高岩谱写出一道道命题的点缀而已。随心的诗意将美化生命……

面对现实的悲欢离合，为什么又不能涕流满面与热情洋溢呢？人生的七情六欲不就像画家手里调色板上那五颜六色的颜料吧！生命的灵感在情感的至高点上得以生长！诗意以多姿多彩的蓝图为生命的厚度披上绚美！

一份爱能给他人带来愉悦或成功！博爱的暖流终会使沧桑的心田由沙漠变成绿洲。绿树成荫的苍茫大地，诗的质感将以爱的旋律在人间流长……

都在心灵留白处滋生，既然生命给予诗的情怀，将造就诗的灵魂！怀抱生命的高贵在诗意盎然的人生欢快奔腾！

清晨第一抹遐想

一声声动听的鸟鸣，悦耳。

欢快的旋律把人们从年味的朦胧中唤醒！乍暖还寒的零星小雨细数着……

为春天的滋润。

徜徉小区的湖边，寻找诗情画意的灵感与浪漫！或许我在幻求神笔，想以最快来描绘出这清晨和谐与宁静的美丽。

描绘太极拳的爱好者，或遛狗的小伙子，即碎步跟随或拍影环卫工人扫落叶的侧面……

承担着自己的责任和释放着自身喜爱的人们……红的花、绿的树、人工湖已是悄然理想，我仿佛置身于世外桃源的一隅，为这美的祥和驻足……

小雨不知何时已忘了播撒，几只小鸟把树枝当舞台，箭一般的撺掇在湖面上，时不时还跳跃式地展示着它自身的精灵般、亮着它银铃般的嗓音……

精灵！快乐的精灵——道闪电劈开我心中的世俗。快乐、幸福顿时一泻千里……

脚下步伐顿觉轻盈起来，飘逸的感觉瞬间把我变成满足的精灵……

（选自《散文诗人报》2019 年总 52 期）

秀水荷塘（外一章）

_梦秋

轻轻地走过秀水的石板小巷，低头挽留昨夜的思念。

太阳让荷叶上的最后一滴思念隐藏。碧绿的荷叶，拥抱着凝望。荷花凝视我，我亦凝视荷花，想起您秀丽的脸庞。您那手可盈握的腰膀，擎起了翩翩起舞的霓裳。

您在谁的港湾？谁在痴心妄想？

久久站在莲花的身旁，掀起翻腾的心浪，和着天籁起舞疯狂。

昨夜我在欣赏，期盼来到您的身旁。美丽的荷花已流落他乡。

您在何方？谁在迷茫失望？

人生几何？再绿的荷叶也将在风雪中枯黄，我的梦却在盛夏荷塘的水中央，徘徊彷徨。

秀峰的阳光，拷问着我的心房。就像拷问您离去的目光。池塘莲莲相依携手化成泥土的芬芳。

状元大儒留下的千年光芒，无法割断金蚕编织的情网，蓝天白云望了又望。

池塘依旧，荷花的芬芳，梦更远更长。

您在哪里流荡？谁在独自神伤？

九洲湾情思

笑语盈盈的你，让我有一闪而过的甜蜜，有一见钟情的思念。

传说中的渔女，让无数人膜拜。九洲湾，一个朝圣的地方，让人聆听来自大海深处的爱语。我欣然抚摸海风，欲捡起丢失的记忆；海风亲吻我，给我的心灵洗礼。

海浪轻吻沙滩，也热烈地拥抱海岸。青山凝望碧空如洗，您不在望远镜的距离，海风无法把我的思念快递。低头细数脚下的沙粒，头顶直升机的轰鸣唤不醒我的沉醉，我不希望我们是两条平行线的距离。

凝视渔女，依旧恬静美丽。我忽然看到了她眼角的泪滴，那有多少刻骨铭心的爱恋！

渔女举过头顶的夜明珠成就了双双对对，我的爱仍远在天边。

我要寻找自己的爱，不问海阔天高！

此刻九洲湾的海水是你！九洲湾的沙粒是你！九洲湾的海风是你！

在九洲湾，我怎能走出——走出我对你那弯弯的思念！

（选自《散文诗人报》2019 年总 52 期）

夜行如歌（外二章）

_谢应明

风刚刮过，雨还没停，我带着等待开始了夜行。

行囊羞涩。几件别人送的衣服，几个干硬的馒头，几条孩子吸的橘子水，还有那发黄的书包。

绿油油的西洋菜田，倒映着一弯冷月；银桦树上的细叶，闪烁着细碎的光。破旧的汽车，无情地碾过粗糙的路面，穿行在朦胧的夜色中。

我倚靠在左边的车窗，哼着我们唱过的歌，一首接着一首。伴着冷月升起，凝望着冷月西移。心想着家乡，没有半点累意。给村委会写的长信，干部们都收到了吗？家乡都发生了哪些变化？我读书的那间小学，风有没吹掉屋顶上的瓦片？心爱的姑娘住的那间旧房子有没漏雨？

夜，在我的思绪中流失。路，在我的歌声中缩短。挂念，在我疲惫的眼睑中延长。

夜色深深，夜雨飘飘。

汽车，离我远去。月沉的夜，我心有光。凉鞋，擦着冷湿的泥沙，清脆着静夜。想着到家的兴奋，再长的路，也在咫尺了。

深夜更深，是黎明前的黑暗！

雨后蛤蟆，吼声恐怖。可我怎就觉得如歌般动听呢。

七月的风暴

七月是风暴孕育的月份。猛烈的阳光，大地曝晒。蒸汽凝成雨滴，厚积于云层，乌云密布。

暴风雨即将来临。

慈爱的心，变得那样不可理解，变得那样无法接受！温馨的情，变得那样隔膜，变得那样势利！我深知，他们的用意和希望。我深知，他们被环境所逼。我深知，谣言可以摧毁一切！

七月我经历着暴风雨的洗礼！

好心的劝慰，我恶言顶撞。严厉的拦阻，我无礼反抗。

暴风雨已经来临！

愤怒掠过脸容，燃烧着理智良心和亲情。没有言语，只有长久的沉默。

委屈的泪无奈的情无言的苦痛！

然而，我坚信，暴风雨只能摧折无结果的花蕊，却摧不垮有情人的海誓山盟！

我坚信，七月的暴风雨终将过去。

雨夜月夜

雨夜，我轻敲她的窗户。雨声，把我的无奈带走。风，穿透了窗户，吻醒了熟睡的天使。

雨，搀扶我，走过漫长的路。我穿过雨夜的漆黑，奋力着寻找黎明。

月夜，我沉睡在她身旁。月色，把我的忧愁带走。爱，缠绵了美梦，浸润了疲倦的心灵。

月，纯净我，淌过流血的河。我渴饮着月夜的清静，珍惜着拥有的那份激情。

（选自《散文诗人报》2019 年总 52 期）

JI ER

辑二　碰撞的声音

老屋，有十七张门（外一章）

_皇泯

老屋，建于清末民初，名牌号码是新中国取的——新屋里一号。

不到一百平方米的空间，却有十七张门。

这么多门，门斗吱吱呀呀，老鼠吱吱呀呀。风，能不吱吱呀呀？

老屋的门，其实对内有五张，对外只有三张。

其余六张门无论对内还是对外，从来没有开过，所以，这六个门洞从来没有听到门斗说过一句话。

还有三张呢？是门外重叠的栅栏门。

栅栏门，不遮风雨，不挡阳光，只关撒野的童心。

栅栏门，难得开一回口，偶尔开口，那一定是祖父的训斥，让你泣不成声。

十七张门，在我十七岁的时候，再也关不住了。但我的十七岁，始终关在门的阴影中。

当弟弟在二十三岁那年走出门后，我才从十年的阴影中挣脱出来——

在大西北喝酒、打猎、呛风，将两点水的姓氏鞭落在雪域、戈壁、草原……

在西安火车站半遮半露的候车室里，暖入一个陌生女人的鼾声……

漂浮的传说

一片帆，被挂在树尖上，梦便在小憩里萌芽。

有人说，一条青龙游了九九八十一天，游到这里，再也游不动了，便成为河之洲。

这只是春天里臆造的一个绿色传说。

因为，秋天是黄的，尽管水照样绿，视野照样绿，树木，却一岁一枯荣。

老人去了，年轻人不得不到眼泪专卖店购进一批哀伤。

也许，在啼哭和欢笑到来之前，这里，只有碧玉般的小河，或者银链般的小溪。当沉默的河和砾石长得胖墩墩的，那一年年泛黄的生机便带来了孕床。

于是，夹缝里长出许许多多生命来。

有绿色的植物，也有朽木丛生的蛆。从蛆里拱出来的虫子，终于有了翅膀，有了飞翔的歌唱。

有的人却说，这里是一片桨叶被淤泥陷住了腿。

有的人还说，把桨播种在淤泥里。当然，有了根。有了根，便有了浓荫。

夏夜的风，便开始传唱凉爽的歌谣。一遍又一遍，唱不厌也听不厌。

如今，我来到这里，想静躺在一片谣曲上漂洗疲惫的心。回湾水却把我圈住了，像传说被淤泥陷了千年，只有回忆的潜流，从老人的童年里淌过……

从此，那一叶小舟也不敢顺流而下，在洲头和洲尾抄袭起自己的脚印来。

而那从远岸渡过来的浪潮，被桨叶抚平了……

裹着三寸金莲的老奶奶，不想走出自己生活的圈子，即使涨大水，也只是爬在房梁上喊天，她坚信用麻石垒起来的房屋，比漂在水面摇晃不定的船牢靠。

至于那少女的红泳衣，只能坐在夕晖和月华镀亮的救生圈上，渡向情人的码头。

一去数年，偶有一个音信捎来，也衔在白鹤那含糊不清的鸣叫里，久久地、久久地不敢栖落……

家门前，那株苦苦等待的枣树啊！

（选自《长沙晚报》2019 年 3 月 13 日）

半坡

_唐德亮

一只陶，被时间埋葬了六千多年。

汩汩的水，似乎还流着。那是华夏文化之源，从远古流到今天。

虽然被岁月厚厚尘封，但终于重焕光彩。

那衔鱼的鱼面人，该是半坡人留给今天的暗语？石刀，石釜，石箭，石铲，石轮，石磨盘……是初民与大自然搏斗的见证。那难懂的符号文字，是黄河半坡人智慧的凝结与闪光。

半坡人是顽强的。

他们用骨刀砍去荒芜，种食，一捧柴火，燃尽一个又一个寒夜；他们用骨钩，钓着生活的希望；他们用骨箭去征服凶悍的野兽。

击石而歌。击壤而歌。火而歌。生命在粗野的歌舞燃烧！

虽然彩陶曾经破碎，生之火盰已寂灭，躯体甚至变化石，但半坡人那凝重的身影、奋进的精魄、沉重有力的足音仍在敲击着我的神经！

因为，我和他们毕竟是同一血脉的。

（选自《花厅》2019 年第 3 期）

亢谷·原乡（外一章）

_蒋登科

一条狭长的山谷。

没有公路的时候，应该是一个封闭的世界。那里有山，有水，住着朴实的山民，生长各种植物。

亢谷，是大巴山的血脉。风，沿着山谷流淌；雾，点缀在山头。雨，说来就来了，和太阳在这里握手。

亢谷，是一个彩色的世界，绿树、彩叶，白墙、黑瓦，小溪水流，岩石生辉。

这里没有景点，但处处是景点。你可以在任何一个地方停下来，或者漫步，或者伫立，或者在树林中呼吸青葱、金黄的气息，甚至在一株枯草上找到生命的来路与归宿，期待来年春天的嫩芽与花香。

每一座陈旧的老房子都有自己的故事，斑驳的墙壁，看不出年代的木桶，沉睡的石磨，沧桑的石板路，让人感受岁月的深邃，历史的悠远。

满脸皱纹的老人，或者静坐在屋檐下，或者放牧着牛羊，或者在山间坡地上耕耘。他们几乎沉默不语，但很平静，很安适，世世代代走着同一条路。他们不知道山外的世界，在他们眼里，我们是陌生人，是异乡客。

亢谷有迷人的味道。老腊肉的香味，野板栗的甜味，泥土的芬芳，树木野草的本味，会使人想起原初的人生。

亢谷，大巴山的原乡。

在自然博物馆

这个地方很大，可以长很多树，站很多人，而且有很大的房子。

其实也很渺小，只是占据了地球上的一块地皮。

它的大，是它收藏了历史。

它的小，是和我们的参照系有关。

在宇宙中，地球很渺小，

在时间的长河里，人生很短暂。

在众多生物里，人只是其中的一种，与小草蚂蚁是同类的。不同的是，人会思想，总是在试图改变和拯救自己，于是我们才关注历史。

如果人类在历史中都没有所思，那么我们真的和其他生物无异。

漫步在自然博物馆，我们体会宇宙变迁的历史，地球的历史只是小小的一段，而人类只存在了一瞬间。

我对儿子说：人很渺小，一定要好好珍爱自己。

（选自《环球人文地理》下半月刊《重庆旅游》2019 年第 6 期）

万物

_卜寸丹

止息吧。

江流。光明。飞翔之翅。盛放的孤独之树。

他黑夜一样的眼睛里郁结的热爱。

与不断消失又不断重现的梦。

“谁掌控着万物的尺度?”

“谁从我们的身世里读出了荣光和锈蚀的绝望?”

“我来到这个世界，像早就签订了契约。”

“我是跪乳的羔羊，猎人，献祭的生灵。”

“在一株草木的内部，小河流在奔腾，鸣响。”

“在艳丽的花蕊，蜜蜂在吸吮花蜜，酿造甜浆。”

“没有完全对立的事物，就像稻麦与稗草，就像田鼠、青蛙、蝗虫、猫头鹰……”“猛兽、虫豸为吃食奔忙于荒野的密林泽泊，狼群在哺育幼崽。”

“我们在星光下翻开书页。我们的孩子在吃一只鼓胀的芒果，他的指甲缝里都浸满了汁液。”

“谁都没有虚度时光。”

“我们都有属于自己的指纹与果子。”

“我们会杀死自己。我们的每一次新生都是杀死自己而获得的。”“我的同类并不认识我，他们描述得越多越远离我的本相。添枝加叶，或是照猫画虎。”

“我说我会孵出小鸡子，他们不会相信。我反复地说，我不想长大，他们一笑了之。我长大了还这样说，他们会用异样的眼光望着我。我成了有疾患的人，或异类。”

“我遭诽谤与驱逐。在历史中虚构一个个隐匿者。”

“黑夜降临，兽蠢蠢欲动。”

“一切不会停止。铲除异己，培植党羽；封疆划土，缔造江山。”

“我们保存了母体的子宫，而任意扼杀着母亲的孩子。”

“无畏的勇士，将弓弩射向烈日，碎裂的铿锵之声，映照血泊中的力量的倒影。”

“英雄仰止。谁已经来过？谁留下诗稿?”

“谁在传唱最后的赞词?”

“每一只幼兽都将获得生存于世的本领。在一场场围捕与猎杀中，长出耻毛，日渐老练。”

“一切都刚刚好，孩子。来的时候，你手无寸铁，什么都没有，又什么都有。当你离开，你必是已什么都有了，又什么都没有。”

“就像树与树，飞鸟与飞鸟。我不要你的信任。我只要你与我——并肩同行。无论是抬高自己一分，还是轻视自己一分，我都会感到羞耻。”

“我们是平等的。万物都是平等的。也包括哀戚之物、邪恶之意志。”

“时光流逝，我们承受有限的欢爱、年华的衰老。我们关上了家门，罪恶不为人知。”

“昭昭天理。正义的利剑握在谁手?”

“在旷野，在那扇有着暗花玻璃的窗下，我们站在初始的地方，却又是老调重弹。”

“那些云泥之见，光辉的思想，那些可以相传的薪火，我们把它留在纸上。”

“一切的命名，是诞生日，也是末日。”

“我们都是爱的闯入者，永无终止，蒙受各自的劫难、彼此的恩惠。”

“呵，是的，孩子，我正在说出万物的宿命——万物不灭。万物终成死者。”

“我的沉痛只是因为我清楚地知道：在那只幼兽的褐灰色的瞳仁里，春天，早就来过了。”

（选自《湛江科技报》2019 年 12 月 9 日）

北回归线标志塔

_林延军

北纬 23 度 26 分，世界最远又最近的地平线，泥土之上，苍穹之下，让你忘记每个日出日落。

此刻，黑夜掀起了淳朴的诗篇，月亮悄悄爬上塔顶，蒙住你的双眼，星星也在青蛙的叫声中跳起北斗七星舞。

风吹过荔枝林，大地便让知了醒来，倾听时光在塔身上跳跃的脉搏。那来自苍穹的天眼，和荔枝一样涉水而来，迎风而至，渐渐地站成一尊雕像，那是流溪河远眺的姿势。

拾级而上，苍老的地板石，你在地底下生长出每一次守望的使命。那些从缝隙里喷薄而出的纹路，窥视着小镇的厚重与丰收，繁华与荒芜。

北回归线标志塔，像一位慈祥的母亲，拥抱着从化，拥抱着油麻埔，拥抱着三甲子坡。

每年六月，仰誉着世界的眼眸，在广州后花园看遍满城风雨，爱恋每一片瓦，爱恋每一棵树，爱恋每一朵花。

于是，我开始仰望你的目光。目光想象成一条河流，在古老的河床慢慢流淌，冲刷，溯流而上。

于是，我开始在蜘蛛网里寻找厚重的记忆。有关村庄，有关炊烟，有关黑夜与白昼，有关生命，有关草木……

那天，我站在你的脚底下，顺着笔直的躯干仰望，头顶有一颗铜球，宛如岁月举起斑驳的火把，照亮游子前行的路。

对视一座塔，它把我的目光护送到最高处。

其实，人的一生，既要活成一条河，也要活成一座塔，任凭风吹雨打。

（选自《湛江日报》2019 年 7 月 8 日）

赤水之渡

_喻子涵

一踏进这条河我就一声不吭，默默打探。

寻找那些被踩成泥浆的足迹，辨认河水与鲜血，炮灰与细沙。

寻找河两岸若干可以成为渡口的形体，包括它们的形象或象征，一切蛛丝马迹。

祖母临终时嘱托：你要是长大了，去给我问一问那些渡口，我要找到他们的下落。

我知道，一定是她生命中最重要的人。

在土城渡的泥层中，我发现一只铁脚马。磨去锈迹后，有祖父的脚印。

在二郎滩渡口，一幢老木屋的板壁上，斑驳的石灰标语挥舞着祖父的手迹。

在茅台渡，两岸的回声在深夜回放。清晰的河水声里，祖父的勇猛与豪情，就像他在村口面对大山的吼叫。

在太平渡口，只有擦岸而过的风，以及河面白浪翻卷的声音。

我似乎明白，第四次渡河时，祖父抱住一块岩头目送儿子，而他自己没有过得去。

祖父从此成了渡口的一根柱石。

或许他的儿子，又是另外一条河上渡口的石柱。

我告诉祖母：到处都是渡口，祖父和大伯在守护渡口不回来了。

祖母安息了，留下若干渡口的想象。

在她的坟墓前，我为她画了一幅渡口的石碑。

上面有烽烟和弹孔，有绝壁和丹霞，有船筏和远去的歌声。

还有精彩的日升与月落，浓烈的酒香及若干英灵萦绕的故事。

（选自《贵州诗人》2019 年遵义卷）

耕耘者（外一章）

_吴远团

没有人喜欢，你把屁股翘得太高了。

你低着头走路，低着头耕耘，你的眼睛注视着脚下的这片土地。你紧跟着耕牛的脚步，低着头操控着铁犁，翻卷着泥土，翻卷着春与秋。

你只顾着聆听地底下深层的呼喊，将自己的心跳与大地的脉搏紧紧相连，不小心把屁股翘得太高了。

你低着头，把双脚融进了泥浆，低着头与大地握手。你捧着充满生机的秧苗，惦念着世代的叮嘱，将寄托和期盼手把手植入了水田。

你只顾着把一腔热血倾注进贫瘠的土地，不管天空风云变幻。你呵护着精心栽培的秧苗，守候着一茬又一茬希望。

住进高楼的人们，早已洗净泥尘，脚底离开了大地，用精美的服装裹住高贵的胴体。

只有你不懂得装饰自己，走到哪里都还是一身土气。远离烟尘的人们，最怕你身上的泥土沾染了他们的娇体，都躲得远远的，没有人喜欢你。

只有你最理解土地的情思，只有你愿意袒露没有装饰的自己；只有你与土地才有真诚的对话，只有你把一切都献给了土地；只有你把心紧贴着大地，把屁股翘得太高了，恰恰亮出了你刚实的脊梁……

金秋时节，贫瘠的土地长出了沉甸甸的稻穗，莽莽原野翻起了金色的稻浪，那是大地滋养的生灵在舞动，是耕耘者的汗水在闪耀，那是你骄傲的收获。你在耕耘历史。

午后时光

微风轻轻地摇曳着街道两旁的老树，树叶摆动着曼妙的身姿，阳光透过树叶的间隙发出一闪一闪的光晕，在麻石街上洒下斑驳的影子。

街心公园的老榕树下，一把轻轻晃动的摇椅，仿佛将钟摆拖得很慢很慢，来往的人们都放慢了脚步，生怕惊醒了那摇椅上懒洋洋的梦和躺在旁边的那懒洋洋的狗。

也许那是一头狮子，正在树荫下小憩。轻风柔柔地在巷子流淌，抚摸着微微泛黄的叶子，演奏出一曲舒绵的催眠曲。树上的小鸟和草丛的虫子，都在暖和的阳光下昏昏入睡了。

榕树下的石墩上，一把精巧的紫砂壶正飘散着水汽，飘散着茶香，一把旧蒲扇漫无目的地摇。一本厚重的书籍随风不停地翻动着，密密麻麻的文字不停地跳跃，似乎在编写着沧海桑田的故事。

一声孩子清脆的叫喊，凝固了摇椅的摆动。欢笑声渐渐揉碎了树叶斑驳的影子，唤醒了小鸟的歌喉，枝丫间慢慢热闹起来。一位老人从摇椅上站了起来，朝着孩子召唤，朝着太阳的方向走去，前路越走越敞亮，身躯越来越高大，影子越拉越长……

（选自《湛江科技报》2019年11月25日）

丹青引

_陈旭明

太行秋色

再高一点，也不是天堂；

再陡峭一点，也有梦魂飞越的气象万千。

一支画笔走天下，拜自然为师，与山川为友，最爱搜集奇峰，草稿在胸。

水墨洇开，便是心灵一次远足。

在故乡，洞庭湖水洗白天心月，夜夜照乡情；

在太行，于虚实、点染之间看山入骨髓，写出性灵。

秋色漫流。岩壁撑空。莫道寻常境界，枯石，怪树，歧路……一入丹青眼，便是心中的诗。

红尘本无天堂，幸好，心境洁然，不为虚名蚁利赘物所累。踏遍千山万水，潇洒莫过于，在追梦的大道上挥箧中笔，吹云外笛——

从南到北。从平原到高峰。

巅　峰

绘心灵之舞，写人生之诗。

梦想，沿历史的辙痕，飞越悬岩，穿透远方的岁月，在精神的海拔上集结。

山道嵯峨，险要纵横，挺立铮铮风骨，让时间雕塑。

书破万卷，路行千里。清风吹远时，一种天性的野入骨入髓。流动的风景，绽放在指尖。

刷新阴晴寒暑，草木荣枯，大道便是天堂。

笔墨写闲情，浓淡之间，熬出灵魂的血色。

有我。无我。虔诚得大成，圣手丹青日臻化境，只因风景寥廓、内心辽阔。

消逝的湿地

只有最后一枝枯凋的芦苇，能够搔起灵魂的痒。

——鸟飞去。船走远。路还在。逐渐缩小的湿地，是一块记忆的旧补丁。我看见慢慢移过来的树影，把我童年的脚印踩疼。

没有伙伴，再来草地撒野、放牧歌声。

一遍遍。秋风，吹过……

以开发的名义，最贫瘠的土地，也成为争相竞拍的名利场；

以青春为起誓，已陌生的场景，同样是雕塑记忆的纪念馆。

独对一江苍茫，再次行走，我能否沿原路返回？

痒，在灵魂深处，我却早已笑不出声。

秋风，吹过。一遍遍……

水　湄

名字有时候会成为一个动词，随画笔款款而行。

一纸摊开四方，我不说东之静、北之冷、西之远，只说南——蔚蓝的南。因为在水中，我才能洞悉乡愁的质地。

橹歌惊动鸟翅。野岸上半枝新桃初红，芦花涉江，天地一片白。

在水湄，诗能气吞云梦，江南虽一角，除了丹青妙手捧出沥血肝胆，谁有气魄，敢来题款？

走过一程程山高水远，额角的皱纹，是岁月的驿站。

坐着，一轮落日倚在背后，为归心镇痛，为孤独钤印。

黄鹂　芭蕉

有时候，你会发现，时间是辽阔的。

仿佛盛夏的天空，能容纳一丛阔叶芭蕉的恣意摇曳，也能让一双小小翅羽栖息、服帖。

这多好！

世人多栽梧桐，而我本非凰。有那么多的欲望希冀借好风，栖高枝，我只愿衔一缕雨声归来，与你同看芭蕉初绿，樱桃又红。

在窗外。在檐下。

万木扶疏，有你，心，便无风自阴凉。

于云间比翼，曾经羡煞多少鸳鸯。佳人出自草根，叶叶心心，舒卷有情，美，多在民间。

允许我一次小小的抖翅，不为取媚，只因倾心。

湖　岸

大湖八百里，我只取一角。

绿是必须的。静是必须的。我深怀开花之心，却接近一株草。远处，朝阳衔帆影，风不来，涛声扶起我的影子。

时间，栖息如鸟。

尘世有太多失贞的美。或荒芜。或浩渺。一如咖啡与罂粟的差别。我只服帖内心的蛊惑。

发现你，需要一双魔鬼之眼。

万物高蹈。我不归隐。

——像草，倾听灵魂的香气。

（选自《湛江科技报》2019 年 12 月 9 日）

向大海致敬

_高伟

一直是这样的大海，多于人类的岁数几万倍。

我甚至没有办法提问大海从哪里来。我连鱼缸里的鱼都不是。

大海有自己的生活和情绪。有没有人类，大海其实不是很有所谓，甚至很无所谓。

田横岛的大海，更有历史、颜值和独特的音质，五百壮士曾经把它喊响。

不管我走了多远的路来看田横岛的大海，今天，它都是宝蓝色的，浪花涌动，有一点高级灰闪耀。

那草书般的波浪，像野兽的皮毛般发亮。

又似白梨花在鱼跃，不慌不忙。

今天不是我假装看破一切的时辰。今天我来祭海。

在大海的狂傲和海风正弦波曲线般的乐曲里面，我来找人里面的规矩。

在这个世界上不要怕。很多时候我想这样。

在这个世界上总要怕点什么。很多时候我也这样想。

我的飞翔在风的飞翔中静止。

逃避。死扛。接纳——这是日常我对自己怕的事物的应对模式。

不要继续描绘，这些描绘从来没有使我放下。

无论我的手臂搁在哪里，都在向大海致敬。

不指望诗歌能给诗人可靠的春天。即使在最美的岁月里，梨花白，玉兰紫，梅花红。

我祭海。我祈福。

过去我索要：给我安宁，给我爱情，给我不疼痛。

今天我依然向大海索要：给我不索要的力气。

这曾经饱满的一切、这终会被废弃的一切，我对着大海喃喃：只要力量，担得起它们；只要心绪，接得住它们。

生活是甜的，偶尔更是苦的。这毫不值得惊诧。

我来看看什么是胸怀。我在乎的只是这个。

需要精神宫缩般地痛楚。我的一生，都在分娩。

当我为世上的俗事痛苦了，我知道，那就是我需要继续分娩的时候。

诞生新我，是我来的这个世上的重大任务。随时。随地。

山里的人转山。海边的人转海。转海，我用我的文字。

我的文字，是祭海时，给大海叩的长头。

它长得仿佛咆哮在沙滩上的吐着白沫子的浪花，延绵整个海岸线。

我写下的文字，将首先是这样的：一种被逼迫的奔逃。然后是这样的：向实相索取认知的强求。

那些对与不对。那些比对还对的不对。那些比不对更不对的对。

不要轻易地告诉我答案。我要自己找。

田横岛海边的大风，如果能吹乱我的头发，就请再吹乱我认真的一生。

生命，就是咬紧一朵田横岛浪花的成长。

（选自《山西日报》2019 年 9 月 20 日）

旅行的程式（节选）

_严正

身体不论大小，你的头脑转个不停。

两块哑角，两个学派：（1）要紧的是线条和它的字谜。（2）要紧的是他脸上的表情。

直觉的漂移开始了：慢慢地，畏缩地，呆板地，甚至迅速地死亡。和生命的联结——名字，目的地，出发时的天气。

一个人的出现只为制造出另外的一个，例子：两副脸彼此对着，年轮，四季，你手腕上的饰物，抛锚，吃水深度。

我凭借着这些，开发着我的痛苦。

通过静悄悄的阶段时间因为你的结茧的脚跟和鞋上的花纹，成分省略了因为你的作品和名称，你们又了解多少？兴许是一瞬间假设了我们，我甚至这么想，我们从未相识，在阳光之下，在沿途的风景我们却不触碰，我不拥有别的东西，所以我不用赶着速度。

长时间的行走：左边冰冷的建筑物，右边水塔，后面我渴望忘却的昨天，前面是明天你攀升的禁令。记忆中的孩子诞生了，而世界还没有为他准备好一切。

一些湿漉漉的东西碰到它，从玻璃到玻璃片，你的眼睛阅读着，从四面八方介入，一种完成的方式，与你回忆的技艺可能无关。

那些频繁的腹语，那些多胎的夜晚，那么多冷却的头颅，那些你吃饱了就热乎乎地睡上一觉。

我看见你在几颗星星的照耀下出生，一天又一天过去了。

我看见你消失了，同样在几颗星星的照耀下。

在阐明的地基上你可以想到什么，是思想清空你的缺席，是手势让出了你的话语，是一层牙齿的门和人。

星期天，你的神经开始越狱。

门开启：在一群乐队里陷入舌头，什么是你被吓了一跳的原因，什么是轮子滚动的原因，一种为什么总让你难以预测，一种仿佛噪音打破了你守夜的恐惧。

此刻，轴心上转动着我们。此刻，我们转动着轴心。

你可以熄灭你的嗓音，你爬到一棵桑树的顶端，你的身体变成了桑果的味道。像错误的，像自然的，像自然的，像自然的自然的你脸上表现出的细腻的崩溃，哦，我需要消耗大量的崩溃。

人一生就有洞，有洞就有豁口，或者说总是，我看见你躺着，在肉体立方柜的最高处，我仔细观察了，我看了很久，衰变的夏天开始使你裂开，但在你的身体上却看不到任何痕迹。

我醒来，下着雨。我渴求一首诗，用什么无理的文本，它们多样的语言，它们分化的情感，因为我在一片地平线上，在一个窟窿里，我想。

喝了点酒，嗯噢咿呀。我开始瞪眼拟态，我体内开始分裂的，粘连的蜂群，它们不叫蜂群，它们等待着去死。我开始输送我的血液，力度像我只剩下十岁的年龄，一切旧事在大脑中混淆，一切我的鲜红如同每个时代。

偏离，背叛，追逐着起程的风格，温柔的顺从和粗暴的潮红。如此，一串滑动的日子，消失的源头，那么快。

你好你用挺立的尖点安排我的生活，我凝结在白色的物质里，我簇拥着。

桌子椅子，在符号下面。

你的空地上的爆炸的瘤。

你的速度……远离……你的你凭着感觉去制造。

（选自《散文诗人报》2019 年总第 50 期）

花落又花开

_ 范恪劼

姹紫嫣红虽短暂，绽放的辉煌，足以填满生命欲壑的空吧？花有落，早已知。那飘摇风雨的凄惶，委身泥土的屈辱，是唯有甘于凡俗才得以稀释的浊沉呢。花开到花落，一明一暗之间，远不是一个开合就完就的功业。

可你又散淡得高古。看不清的容颜上，依稀布满九月夕阳的温暖。袖手，旁观，对看，侧首，有着置身于外的轻松，有着解花人的轻淡。

花开花落，真的是两由之吗？真的可以两由之吗？

花曾在树上笑语，树依然在土中存生。年再来时，一片叶，两片叶，之后呢，再一回花开到花落。

或者，是花落到花开？

（选自《河南工人日报》2019 年 3 月 14 日）

西塘玉液

_ 宋庆发

塘东之梦，从古胥塘河的傍晚开始，经春秋之水发酵。

一篮陈酿，足以浸淫过往的七街八巷；一斝新醅，足以浮泛眼前的九盏十灯。

一粒欲望的种子栽下去，满满的沉沦便对不黑之夜俯首称臣。

觥筹交错间，精神的光合作用委蛇完成，纸即醉，金即迷。

不与桂林西街争外来刺激，不与丽江古城比内在暧昧。基于吴头越角的偶遇，冀以来日方长的爱与浪漫。

在兹念兹。

青春的账单，买得肆无忌惮，买得无怨无悔。

既可随心所欲，如影一般婀娜摇波底月；又可自我主宰，如桥一样岸然渡水中天。

亦为江南魂。

（选自《珠海文学》2019 年第 1 期）

菊韵，穿行于岁月深处（组章）

_徐福开

在千菊园

汴菊，涉千年岁月，如水横渡跌宕的历史劫波，犹如一阕屹立的宋词，用笔下翰墨激活了一页远去的大宋江山。

你怀揣一卷史册，眺望一轴繁盛之国，锁住了过往的硝烟，收藏了山河的寒热。

那熙熙攘攘的往事，已拓印在一个民族的血脉里。

当年的苍生都闪耀在卷帙之中，而时光按兵不动，让文字衔枚疾走于泛黄史册。

微风，将当年的菊韵伪装成社稷，连光影都描摹成抒情的壮阔，触摸一个远去王朝的呼吸，聆听岁月的页码……

汴菊的古风古韵

在通许，撑一叶苏学士文风豪放的小舟，且行且吟。

沐浴千年的古风古韵，那菊，在苍茫的岁月中行走，却遗下了过往岁月温热的印痕。

岁月，每一刻都支起倾听的耳朵，聆听漫不经心的微风走漏的絮语，让光阴修复人心，渡千年的辽远。

宋韵千菊园，每一朵菊花都擎起过昨天，每一寸土地都是历史的至亲。

那些沐风远逝的憧憧人影，将流水般的岁月一页页揭去，将往事也甩在身后，只裸露一些与温暖原乡有关的一行行辞章，将时光的诗笔镀亮。

（选自《中原散文诗》2019 年第 2 期）

海洋之心

_ 黄刚

一万亩至金的辉煌，笼罩净地的春天。

一万亩夭夭的桃花，只有羞涩的那一株，被雄浑的肩胛移植。

月醉了，一醉百年。

日醉了，一醉千秋。

风醉了，漫天丽蝶。

将火的宣言让风携带，消受子夜最纯粹的颜色，岩雕一个种族无法褪色的图腾。

以千年的穿行，感知并体验一种幸福。推演并预言一种结果，痛并痒着灵魂。因野牛战蹄的鼓舞，升华到凌霄。

地是风之源。草是风之穴。

感念那秀美的苇阵，凭依一点支撑，将我托举。

从那里，风的腰骨，雄起。发轫，自草尖的针域，受巽寮湾的碧涛怂恿。

夕阳、沙滩、脚印。形与神对接交融，浅唱一个拉不住的黄昏。

婉约是风，豪壮也是风。

沙滩上，枯枝书写的名字被海水吞噬。

拓印水面的一只惊鸿，明艳也让海风摇散。风逝干涸的河床，行走出几垄潮润的枫林相思？

飘摇着、飞逸着，眼的触角向往摄取的前度。拥你入我荒原一样粗豪的胸膛，垂下双眼悉心打量，吹去那粒纤细的海沙。以张狂火灼的唇，舔舐未干的泪痕。

然后，整个身心，浸淫于一靥妩媚的幸福。

水与岸，一念之间。

生与死，一念之间。

子夜度了我也度了你，遵循生命行进的逻辑。

诞生——蓬勃——寂灭。

灵与肉，如此轮回，如此旋升。

一线一线的圣水似无出处，却有清晰的轨迹。

一道河川，就是一部水写的经典。

从水写的经典，过滤出思想的颜色，海洋之心的光芒。文字燃点的光源，已经照亮最为魅惑的秘境。

（选自《中山日报》2019 年 11 月 28 日）

行走的大树

_莫英蕾

医学院古老、神秘而宁静。

图书馆红墙黛瓦缝隙间的几棵小草，在湛蓝的天空下，奋力地吐着翠绿，它们以这种最尊敬的方式，向身边邻居——那棵大树，发出问候。

大树身躯粗壮而苍劲，枝繁叶茂，微风吹过，沙沙而鸣，亲切又热情，还夹带着爽朗的笑声。

南方炎热的夏天，它聚拢着所有的绿叶，为那个树下暂作休憩的勤奋少年，悄悄地撑开一把遮阳伞，以免惊扰他探索生命奥秘的梦。

冬天来临前，大树唤来秋风，梳理自己身上那些发黄的叶子，好让树下那个苦读医书的少年，在寒冬来临之时，穿上由缕缕阳光编织成的温暖外衣，坚定地攀登更高的医学殿堂。

少年呀，你看见了吗?

那日益粗壮的树根以惊人的力量，撑破了钢筋水泥围槽，辟出裂缝，让更多的根系向四面八方的地面和土下延伸，以日夜穿行的步子，去丈量大地的宽广和深度……

少年呐，你是否感知?

是大树伸展着纵横交错的根系，承托起你轻快的步子!

春天来临，医学院的图书馆旁，一拨拨的嫩叶，绿了大树的枝头。

小草穿了绿新衣，小树也舞动着青春的身姿，跟随拍打着动听旋律的大树，迎着朝阳，歌唱前行。

（选自《湛江科技报》2019 年 11 月 25 日）

七月在野

_雨倾城

经不起一点风声。
七月在野，十月，蟋蟀在床下叫我。

所有的路，都适合私奔。
这里安静。我要去秋天定居，与芦花住一起。
去怀念，或爱一个人。
迟些睡，早些起。白云赠客，明月自照。
没事的时候，去数对岸的灯火。

心里有什么，欲出，不出。荒野四散，一座空山占据霜天。
村庄，住着永远的最亲最亲的家人，温暖和光。
终归要回到这里。拿走身上，所有的冷。
唯有这里，也只有这里。
屋前屋后走一圈，疲惫，不堪，仿佛就会遥远得世界都看不见。

到处是风。
山脉连绵，捎来一封新鲜的薄雾。
我在荒野欣赏月光。
——“仿佛前面的路全是记忆，仿佛未来就是眼前”。

（选自《核桃源》2019 年第 3 期）

穿过波密的河流（外一章）

_丘海念

河流，穿过波密，守候对春天的诺言。

穿过波密的河流，仿佛从祖先手里接到密码，一直流淌。

波密的数十条支流，好像流淌的哈达。

鱼儿歌唱着河流，河流歌唱着波密。

每一个音符，如一面镜子，只要捧一把浪花，就能闻到岁月芳香。

穿过波密的河流，一直流淌，滋养着两岸的树木，还有我梦里不愿落下的桃花。

舀一瓢，水里有波密的故事，故事里有雄鹰的影子，有历史的影子。

雪山，与时光一起前行

像一场梦，波密的山，把白云的白，点缀在生命，好似秘境纯洁的仙女。

波密的雪山，不愿融化，与时光一起前行，与蓝天是亲密的朋友。山顶翱翔而过的雄鹰，飞出一种辽远。

别以为只是一场梦，雪山的全部声音，涌动着绿色的旋律，砥砺着藏民的意志。

没有束缚，素净的白，雪山在月光下，隐藏着天地间最美的奥秘。雪山下的村庄，已勾勒出千百年来的生生不息。

数不清时光绕了多少道弯，一簇又一簇野花，次第诉说雪山与光阴的故事。

雄壮的雪山，千百年来，屹立不倒，俯瞰波密的一切——

见证从闭塞到318线的川流不息！
见证从破落向现代美丽的小城镇不断迈进！
见证汉藏友谊之花的绽放！

（选自《南方都市报》，原标题《波密的河流与雪山》，2019年6月23日）

枫桥夜泊（外一章）

_李成

夜是一滴偌大的墨水，落在一巨幅宣纸上，洇湿开来；

洇湿到的都开始稀释、融化，淹没——

融化：村落、森林、道路、山岭、茅舍、人、狗……

融化：高高的枫树、草叶、树上的乌鸦和乌鸦偶尔的啼唤……

融化：天上的月亮、云彩、星星，地上的桥、古老的城墙、一座石头垒起的山寺……

融化：村落和灯火和江上的渔火……

一切都融化了，仿佛渐渐没入水中：只有那一声递一声的钟声，仍然接连地甚至一声比一声清晰地传来，仿佛成了一根坚韧的缆绳，在延伸，在吸引人，在把人和其他什么牵引！

我就不知不觉被牵引过去，走向融化后成为一片汪洋似的大水和水上的一条船——

汪洋浩瀚，看不到尽头，我这只漂泊在天地间的一只孤舟，不知何往，在黑地里，等待一束光打过来，把刚才被融化、吞噬的一切一一恢复、还原……

（选自《长江文学》2019年9月29日）

灯

每一盏灯其实都是一盏阿拉丁神灯。

你擦一下，呼唤一声，都会打开一次希望之门。向你倾泻一片光明，甚至会从里面走出一个小小的人——小小的仙子，总会帮助你去实现愿望——

——只要你灯下守候得久，就一定会等到。

这一奇迹的来临……

（选自《伊犁晚报》2018 年 8 月 13 日）

草原风雪（选章）

_王小忠

一

暮霭压着小镇，彩虹隐去身形，赞歌的内容有些空洞，但我还是坚持听完，然后回家。

尽量让自己缄默，不随意唱赞歌，不随意说出，所谓高尚的职业和环绕在它四周光芒的词语。那么就让我在小小的空间里，一次次于梦中飞翔，到另一片草原上卸下虚伪，让洁白的雪花把我埋葬。

华丽的辞藻已腐朽，谁能让我再次长出彩色的翅膀？

突然想写下墓志铭，让它在草原上站立，于风雪中永生。

尘世只能给我一抔黄土，但我渴望，我真诚的文字依然让你感动。

不需要至死不渝，即使恩泽如汪洋，我只需一片小小的草原，让它停泊在风雪里，温暖失群的牛羊。

二

人是容易疲惫的，一位长者如是告诫，可我辜负了他执着的明眸，辜负了月亮的清辉和太阳的光芒，以至于用动听的嗓子去歌唱浮华。

青春时代很快过去，静的夜晚，我抱着昔日的纯真和美好，梦见草原风雪的寒冷，也梦见浅的海域里那条含着饵的鱼。

不能让理想随之入土。寒风里开放的花朵，依然保存着永恒的清香。我乐意接受它们仁慈的馈赠。

田野里码起金色麦垛，那是光阴的颜色。

这个时候我就在草原，和风雪紧握，灰暗的心灵定有十万只金乌来照亮。

七

矢车菊的叶子完全枯黄了，它被光阴带进大地。

冶木河欢快地歌唱，它要去海洋实现远大梦想。

我一个人在小镇上，从来不惊惶，也不被突来的风雨侵扰而改变行走速度。

我听见高空里的燕雀发出欢快的鸣叫，我看见麦田里的镰刀沾满狂妄的火焰。

世界多么温暖——

草原无垠。

在小镇上，空旷让我想起做一棵小草的意义。

我常常想让自己变成一片草原。或者，仅仅在阳光未照之前带给早晨清洁和冰凉。

那寒冷的、干净的雪同样有着太阳的温暖。

晨曦来临之前的暗黑里，我提着灯笼行走，刺骨的定然是风，明亮的定然是雪，我愿意和它们一起迎接萧索的冬天。

（选自《星星·散文诗》2019 年）

天台探戈

_李衔夏

已经很久没有攀登山峰。日复一日，在高楼大厦里做垂直升降。似乎没什么不妥，却总感觉缺少点什么——

整齐、方正、光洁的阶梯，多像这个被打磨得棱角全无的城市。如果再多一架升降电梯，我们真的就只剩下一个矩形箱子了。

这些可怜的楼道，越来越寂寞，久违了烟头和纸屑，久违了脚印——

图章，是人类存在的证明。而脚印，就是人类摁给大地的图章。

社会不断发展，城市化加深。我们越来越少行走，而地面越来越坚硬。

——脚印终将绝迹！

取而代之的，是车辙。当人类的脚印彻底消失，亿万年后，那时的生物会考究出：亿万年前地球生活着一群滚动前行的巨兽。

站在天台——这最靠近上帝的地方。究竟，有什么，是与山巅不同？

缺了草，我们种上；缺了树，我们挺直脊柱；缺了兽，我们张开血盆大口；

缺了坍塌，我们献上一场致命的地震……

望着天边那朵不染纤尘的白云，还有多少人愿意伸手摸她？到她的怀里美美睡一觉？还有多少人愿意祈祷她落下滂沱大雨，湿润大地？

阴霾的阴天，昏沉的黄昏。十八层高楼，如果也像树一样，打下的桩就是她的根。她的根是否也深入大地的十八层？

登高的心态无非三种：第一，君临天下；第二，自由落体；大多数人都选择第三种——

站在天台的我，尝试了几次蹦跳，证明再也难以拔高一寸，我唯有选择，黯然转身，原路返回。

我不知道，大楼有没有因为我的几次重击，变矮几分。但我知道，太阳落下是因为他想留空间给月亮：微笑、献吻、照镜子……

天空拧下太阳这颗电灯泡。我一阵晕眩，感觉大楼在摇晃、移动……

繁星点亮舞台。我穿着十八层楼高的高跟鞋，在大地上探戈，没有人配做我的舞伴！

（选自《散文诗人报》2019 年总第 51 期）

快马

_徐庶

千里马跑来时，伯乐，得抢跑一千里，在一个恰当的隘口，设下局。

因此，伯乐有缘识良马，却，一生无缘享用。

很多美好，都是拿来赏赐的：比如一匹马，比如轻轻一鞭。

一匹马，与一根鞭的视角，并非对等。

马识前蹄，而鞭只认后果。加鞭的生活，非快马所迫。

（选自《中国作家》2019 年第 2 期）

谒田横岛（外一章）

_鲁本胜

一个历史之岛。
一座气节之岛。
在《史记》中，在人心中，在万顷波涛开出的花朵中。
永远的青铜啊……

一些草籽纷纷萌发春天。
涛声起处，青铜剑柄上月光如水，悲歌化作薤露，化作一场细雨。

横马立刀，青史，你看见了什么？

田横岛南海岸， 齐王殿

冰凉的魂魄，在喧响的花瓣之间，婆娑。
呐喊，站在蓝色的波涛上面，眺望。
而刀枪剑戟上夜霜如雪，五百男子啊，五百腔壮怀激烈的热血，还在，汹涌澎湃。

今天，隔着两千年的距离，我依然感到，他们的军威，正在苏醒。
他们，一个个士兵，活跃在练兵场上，宛然两千年前，生龙活虎的模样。

有时，他们不仅要掩饰自己的伤痛，而且，还要时时面对，

灵魂之中，一柄柄小刀的
拷问……

（选自《大沽河》2019年第1期）

在盛大的春事中小寐（外一章）

_徐澄泉

春戏轰轰烈烈上演。

我静坐草丛中央，看——

天空蔚蓝，风筝逍遥。情侣缠绵柳下。几个老者，自说自话，晒着彼此的太阳。

我是其中哪部分？

打探别人的花事多么危险，一不小心坠入桃花的深渊——

我以春风为马，我以花瓣养鸟，把甜言蜜语献给爱人，终究圆不成一个好梦。

几粒现实主义的鸟鸣淋下来，我在菩提树下顿悟——

蚂蚁卑微，蜜蜂勤劳，蝴蝶多情，我是它们共同拥戴的王！

（选自《读者报》2019年5月9日）

与春天私奔到底

我要挟持一个人，与春天私奔。

去一个你们找不到的地方。

无人，无尘，无扰。

适合安一个绿肥红瘦的家。

当然，必须有：风霜雨雪，日出月落，鸡鸣犬吠，梅兰竹菊，笔墨纸砚。

可以花前月下，卿卿我我，红袖添香；可以男耕女织，耕读持家，含饴弄孙。

时间是多余的，事件是多余的，更多的想法也是浪费。

关键在于：那个被我挟持的人，因为喜欢春天，而欢呼雀跃，或含笑低眉。

那么，桃花啊，流水啊，鸟语啊，花香啊……这些春天可爱的妹妹，就把她们一并带上吧！

（选自《读者报》2019 年 5 月 9 日）

之后

_如风

一

放下 5 平方米的禁锢。放下无休无止的鞭策。放下日出而作，日落而息。

放下十万座大山。

二

被禁锢的每一滴水，都是悲伤的。

顺势而行的每一刻，都有代表。

三

一条河流，逆向而行。

四

一条逆流的河，不再被裹挟狂奔疾泻，也不再追寻所谓意义。

一条河，遵循内心的指引，小心避开高耸的水泥丛林，向着广袤开阔处，出发。

或行。

或止。

行，为看见。止，为倾听。

五

如若重生。

身体里那些干枯的枝条，开始发芽。

千千万万棵酥油草从戈壁荒漠中抬起头，我的草原，我的草原就要归来。

六

之后——

在练塘的迷迭香间，闻见春天。

在可克达拉的大片大片的野生红柳间，看见燃烧的生命。在肯依萨克萨依的夕阳里，听见万物的唱赞。

七

大地恩慈，托举着万物的荣枯、悲欢。

而天空，空无一物。

给春天以花朵，给秋天以果实，给盛夏以烈焰，给冬天以等待。

万物各得其所。这四季的轮回，暗藏着多少朴素的智慧。

八

病入膏肓的人，给他祝福。

无家可归的流浪狗，给它食物和水。绝地逢生的蔷薇，愿它节节拔高，枝繁叶茂。擦肩而过的人啊，祝你平安喜乐。

九

爱黑夜里的星光。

给赶夜路的人，留一盏灯。给予这婆娑世界，以爱，以温暖。

十

与时光对饮。

来路不必回头，恩怨一笑而过。那满目繁花，终将退场，月亮下面，无今昔。

十一

把一朵莲，种在心田。

在泥土里，独自芳华；在尘埃里，安放慈悲。

十二

之后。

浮生，日日云淡。

无欲，处处宽阔。

（选自《散文诗世界》2019 年 10 月）

民间剪纸（外一章）

_王忠友

或三国、红楼、西游、唐诗、宋词、戏剧；或二十四节气，五谷杂粮，花草鱼虫……

或高原、古道、日出、窑洞、村居；或宦官草民、浪子诗人，心事愿望、悲伤祈福……

背着月光的母亲，静守日渐破落的村子，剪刀的唇边，翻转而成。

造型，熏样，雕刻，一笸箩的大红足够。

一朵盛开的荷花，不求高贵；一对戏水的鸳鸯，只求相依。裁下波纹，剪出蛙鸣，清风明月争相品读……

枝干亲云朵，叶子喊鹊鸣。

并蒂莲依然红颜如故，一只蜻蜓，在颤摇的花瓣上，柔软着我的目光，剪不乱的乡愁。

雪花翻检红红的记忆。远去的鸟儿又绕栖老家的门口。力透纸背的爱，生根在褪色的纸上。姐姐亦老，那一剪子一剪子蚀骨的痛，已成为现代的奢侈品了。

贫穷也好，富贵也罢。有多少回家的路被窗花牵挂，就有多少温暖的故事和传说在村头眺望。

从小一不高兴就爱哭鼻子的，跟母亲学铰花的葵花，回来了没有?

窗棂上，青鸟欢唱。多少遗失的语言和少年的哀怨，恍惚又回到斑驳生活的，那时分。

（选自《星星·散文诗》2019 年第 8 期）

大埠岭

_张晓林

很小的一片风，吹着。
吹过了
柳叶飘舞。

一色山水树木人物，不知所终。

一节断枝，养就了万缕秋风起，吹着。吹得
白云悠悠，
世事苍茫。

而后皎月初升，既而，众声沉寂。
至夜间，鸟的极乐之境，已在空中，在北风中，望穿了
秋水……

（选自《大沽河》2019 年第 4 期）

长桥明月夜

_刘承伟

我家阳台，有一湾沧海，一架长桥，一轮明月。

这真像是一幅诗意图画……

在香洲吉大海湾半山，在夜色如水的窗外，我常常一个人扶着栏杆定神凝望。对话沧海、注目长桥、抚摸明月。繁星数遍不睡，扶着东风沉醉，我总是把自己，遗忘于阳台，遗忘于山海，遗忘在春夏秋冬。

这可是一幅诗意的图画？

一桥跨越三地，东端起于香港大屿山，西岸牵手澳门与珠海，“港珠澳大桥”——她的美名声震中外！

晨曦中，长桥卧波，未云何龙？青阳开，惊龙行空，悠游沧海。夕阳下，一架飞虹，连绵西东。

而我，就是那半梦半醒的画中人，安生此地，植梦画中，归去来兮，不知疲倦，又忘了流年。像在画图里？似在图画中？谁能分得清！平淡，藏身于繁华深处。富贵，都掷于海天之外。这些年月，听得见桥那头的纷纷扰扰，也看

得真桥这头的云淡风轻，莲花自开。

这就是一幅诗意的图画……

搜尽古今诗联，寻遍中外佳句，月与桥，总是相映成趣，互道别离。桥和月，往往交织缠绵，亦诗亦画。无论二十四桥明月夜，无论小桥流水人家，无论佳期如梦，忍顾鹊桥归路，终究写不出我眼前的明月长桥，这般清秋，这般辽阔！

满目清辉铺岭海，一轮明月照长桥。

今晚，这样的诗句又一次在我心底低吟浅唱，正是明月当空，灯火闪烁之时。我面前的长桥，在繁星朗月的映照之下，如同晶莹剔透的珍珠项链，装点于天海之间，流光溢彩，熠熠生辉。

今宵，明月装饰了我的窗子，我装饰了别人的梦。

今生，最爱这长桥，最爱这月夜。

（选自《珠海文学》2019 年第 3 期）

宜兴红茶（选章）

_雪漪

一

从阳羡转了个圈，转眼之间就到了宜兴。触摸太湖指纹密码，拉开宜兴红茶家族一千多岁世外桃源的序幕。

一不小心，可能就和古人类化石打个照面。要知道，他们是一万年前使用原始农业和手工业的纯朴先民。

八百里竹海纵横，和丰腴一点都不沾边儿。咬定青山，幽篁卖与东风，负氧离子来报平安。

七

老时光氛围下，宜兴紫砂怀抱乌润的苏红，算不算漂泊的游子深谙情依故交，一路欢歌，回到了老家？

这些懒懒的条索状叶子在水里旁征博引的过程，一门心思纯粹感受迷香沁脾。

聚味、增香之前，一定经历了相思般的望穿秋水。

这一章节的厚重，无论如何，你要推却黄金的诱惑，放下身段来读。

检阅一下历史，岁月总会露出端倪，有的心还在流浪，有的心早已回家。

（选自《散文诗》2019 年第 11 期）

走失的界碑

_ 毅剑

我总是坚信——那块界碑一直就在。

许多年前和许多年后，矗立在大堤口的那块界碑一直就在，那是两个省区的交点，两个县域的分界，还是两个相邻村庄土地归属的界限。

一年一度，黄了又绿的野草可以做证，那棵早已枯死了的百年大树也可以证明。小时候与同伴割草捡柴，作为不可替代的标志，那时，已开始微微倾斜的界碑，是我们一次又一次相约的集合点。

一些黄昏或清晨的走近，我都会觉得，他就是村里辈分最高也最年长的老人，在深厚的黄河故道一隅，悄然伫立。安静的侧面，总是一如既往地棱角分明。无定向的风，“淘气鬼”似的摇动一处又一处的绿丛，在原本宁静的四周制造着莫名的恐慌。让我在短暂的惊惧后，联想一些稀疏的往事和传说。那些渐渐模糊，终生都不能靠近的事物，在我的潜意识里一直存在，宛若梦境般的场景。让我在不经意间打开流年和远方，深陷一种自相矛盾的想往和怀念。

迎着岁月侵蚀的锋芒，界碑安静，故道深远。

四季的风雨霜雪围困中，干旱的尘土和冰冻的日子封埋里，凝固的一些事物和它们早已屏住了的呼吸……界碑不语，肃穆站立，也像我静静地坐在高铁上，凝重的界碑搭乘着在时光深处不停行走的故道，感悟着自身原地的一动不动，却也可以走得很远。

一切都会在时光里老去，就像那块界碑的最终走失。是泥沙的淤没？还是风雨的侵蚀？抑或人为的销毁和搬运？走失的界碑无声无息……

界碑站立的地方，一些原本绿着的草还在绿着。阳光打开故道长远的路，让悬浮于高空的叶片和故道厚土的根须，都无尽地展开原本就属于自己的生活。

（选自《当代人》2019 年第 8 期）

以麋鹿之速

_ 香奴

寒冷不断返场，前方的桃花全军覆没。

大半生的沉积，分解成毫无征兆的沙尘暴，一场接着一场。

大兴安岭的树木节节败退。

我手心里的幼苗这么弱小，一阵风一个趔趄，怎样在这流动的沙丘上安身立命呢？

额木特河虽然干枯，但是河床知道，此刻应该冰雪融化了，春风该有多快？

以麋鹿之速，席卷大地，铺设含笑的词语，允许他乡的人和蚂蚁突然怀春，羞涩地躲入海棠花之后。

也怕，有许多来不及了，蚯蚓已醒，花蛇褪去棉衣，而冰霄滴下流水有多缓慢，故乡的大地也患了饥渴症，我唱出春天的时候，嗓音嘶哑，亲爱的亲爱的，你就以一条河的奔流出现吧，直接从山巅跑下来，以麋鹿之速，返回科尔沁。

浇灌我小小的绿荫吧，让我安顿余年，长出根须和清晰的年轮，成为森林的末梢，最早触摸到白烟四起的奔突，麋鹿归来。

春天和雨季，紧随其后。

（选自《呦呦诗刊》2019 第 3 期）

田野里还剩下最后一个人

_陈亮

月亮还没有从牛头岭里拱出来，天很黑，很大，要吸走一切。

田野里还剩下最后一个人，还在动在响，类似于一头累坏了的狗熊。

看不清他的所在，只听见他越来越湿重的喘息，扰乱了虫子的狂欢和一滩野花地开放。

让雾团压低，田野无声凹陷。

让你想喊，却想不起要喊什么，想对着什么大声说滚开，却不知道什么就是什么。

他在继续喘息着，喘息着，那把铁锨在闪着微弱的光亮。

真不知道他到底什么时候才能休息，他的手脚似乎已经被谁控制，或者已经被人们所遗忘。

像一块无名的墓碑，没人来领他回去。

一朵野花，终于，憋不住开了，花心里散出了更多的苦；

一个虫子，终于憋不住叫了起来，音子里飘出暗红的血丝儿。

田野里，还剩下最后一个人，我实在，不忍心，说出他是谁——

（选自《大沽河》2019年第4期）

西窗外的一片草地

_苏建平

它在河的对岸。透过卧室的西窗，先看到它，目光稍稍压低，便看到那条河。河水泛绿。那不是倒影。河水流速过慢，近乎停止，水草逐渐统治了它。在水草间，更细小的水生微生物统治了更小的空间。它们全在这富氧的王国里高声歌唱，唱着仅仅属于它们的歌。仔细听，歌声是绿色的，那是人类萃取之前的绿。

2016年的整整一年，这些水中的精灵，水中的统治者，将这条河视为它们的整个宇宙，始终在建筑自己的水下王国。甚至2017年的头几个月，它们从季节的沉睡中醒过来，也是如此兢兢业业，一茎茎、一叶叶地，把整条河彻底涂绿。就像河岸对面的那片草地，兀自绿着。

那是另一片绿的王国。从春天起，嫩芽占据了主角。各种常见的草儿从已经腐烂的稻草地里长出。时间挥动着它毫不讲理的刀子：让一些生灵登场，让另一些生灵隐入幕后。不到一个月的时间，杂草完全取代了昔日的水稻，又浓又密，又杂又乱，却反而获得了奇异的秩序。甚至看不出任何将杂草除去的迹象。

草地的北面是一条城市道路，铁甲的车辆正在疯狂地日夜繁殖和奔跑。东面是河岸边的乡村水泥小道，随着人迹渐渐稀少，它不可遏制地瘦弱下去。四月份，阳光向北回归线方向移动，草动边缘的最后一户农家迁到了别处，搬动的车子叫“蚂蚁搬家”。五月份，一辆大车用巨型手臂将空屋子扒倒。那声音非常粗鲁。

一些胆大的草长出了藤蔓，向雨水浇淋过的房屋废墟爬去，将根扎在断砖处。它们像人一样，天生便拥有开疆拓土的欲望和本领。这还不够，到了夏日，雨水过少，它们不会枯，雨水过多，它们不会烂，日照不能给它们镣铐，反而打开了它们体内的引信子，到处插上绿色的旗子。它们达到了所能达到的生育的顶峰。

七月初，草地的一条边被切去了：靠近城市道路的一侧，运来了一车车建筑垃圾。它们被倾倒在草地上，下雨一样，却跟雨正好相反。它们来自城市的老城区、城郊接合部，那人烟繁盛处。这个城市正在不停地给自己美容：切去一部分，安装上另一部分。它兴奋地唱着高亢之歌，将城市的赘肉割下来喂养这片草地。

这些草并不善罢甘休，伸出无数的触手向垃圾堆进攻。八月份，绿草的地盘不断缩小，垃圾堆不断向草地内陆延伸。一场无声的战争：那么多的草，兀自摇着绿色，将绿色拱手让给红砖、灰泥沙、碎玻璃、锈掉的钢筋。它们在遗忘中长得如此美。现在有人唤醒了对这片草地的记忆：一张图纸上已经建起了模型。

它们蚕食而来的领地渐渐被蚕食而走。进入十月份，垃圾堆成了庞然大物。那是城市陶醉后的呕吐场。再过几月，这片草地将丢失自己的所有记忆。可以预见，一个草的文明，流星一般，兴旺又消失，像一个从未存在过的梦。它们未能在基因之外建立一个历史博物馆，并写下箴言：所得者，即所失者。

（选自《上海诗人》2019 年第 1 期）

告诫

_赵大海

咸的、酸的、苦的、辣的到胃里都是甜的。
你闭上眼吃就是啦!

蚂蚁老黑对着大黑说，蚂蚁大黑对着小黑说，小黑对着黑小小说。

靠着路边的垃圾桶，老黑卸下身上的蛇皮袋。
大黑倚着老黑，小黑倚着大黑。
黑小小左手半块馒头、右手一粒海水

胃没辙了。
肠子没辙了。
嘴巴没辙了。

（选自《大沽河》2019 年第 2 期）

我的亲人

_王跃英

我蜗居的城市与这座北方名山紧紧连在一起，但奇怪的是，从来没有人认为与这座大山唇齿相依的这座城市是座山城。

倒是外面的人说起来，总是一脸的疑惑：是一座山的名字吗，城市的名字就是一座山嘛，真奇怪，真奇怪！

尽管我们都真切地知道，这座城市的名字就是因这座山而来。

因了这座山，从山上刮下来的风，不会再裹挟着山那边的沙砾扑面而来。风速减缓，刮到人们跟前时，已柔和了许多，就像大山的鼻息。

冬天，从山里飘来的雪花，在阳光灿烂的日子里最奇特，那时，天湛蓝，雪花却纷纷扬扬，简直童话世界一样，那是真正的太阳雪呀。

即使天冷了，也先冷山。山峰落满雪花，山呀，一头白雪，仿佛一位哲人，在告诉人们，不胜寒的地方，在高处。

多少年了，只要我不三心二意，这座山就会一直厮守着我，为我遮着风，挡着雨。

能和你长相厮守的，是亲人；

能为你遮风挡雨的，是亲人。

（选自《中原散文诗》2019 年第 1 期）

树

_ 支禄

一动不动地站在沙梁杆儿上。

一棵树像一个人裹紧衣服四处张望云烟深处，村庄到底躲在哪朵云的背后呢？

遍地秋风，越来越紧。

天地间，一种神秘力量开始奔跑，像无数的马匹日日夜夜迁徙。

一转眼工夫，吹出早年藏在杆内的雪。

一声咳嗽，高处的云不由得低了一下。

头顶上，过路的大雁一而再，再而三地用鸟语提醒：

“快快回家吧！不要傻傻地站着了。”

听到这话时，树的心里不由得“咯噔”了一下。

一夜之间，叶子全黄了，一声哗响，纷纷出发。

然后，全天下的叶子紧跟着黄了，匆匆忙忙奔向沙土之中。环视苍茫大地，难道秋天的黄都是从这棵塔克拉玛干以北最北的树开始的吗？

西北风吼叫声越来越硬。

一着急，慌里慌张的树不小心脚从半尺厚的沙土中走了出来。顿时，看见一道一道的脚口子像娃娃的嘴巴大张着。

刀子风一刮，一阵钻心的疼。

树，赶紧弯腰把心抱了一下。

一把老骨头再往一起拢一拢，生怕让风吹散的样子。

（选自《天山时报》2019 年 8 月 17 日）

深秋，与村庄书（组章）

_ 棠棣

秋日，和叶片一起离开

须发皆白的季节，我把自己遗忘在风里。

通向城市的道路已经荒芜。

我就在浓浓的烟火味中，细品秋的远与疏。

是的，曾经的执念已在水中冷寂，我把过去的日子看作生命的预演。一次完美的邂逅，成就了不太完美的想象。

我看着你擦肩而过，如一缕风走开。

酒杯深浅，无关内心的冷暖。我只是倚着月光定了定神。

风中，有菊花淡淡的香。

杯中的情思，困守在季节的纵深里。那个女扮男装的人轻踩一下水面，飘向对岸。

深深的期许，在无尽的光阴流转中，喂养着缅怀与白发。我只在动身之前，写下秋日的禁忌。

谁都不能把故乡带在身边

谁都不能把故乡带在身边，于是，便有了梦。格桑花开落的黄昏，炊烟早已准备好洁白的飘带，在院子里放飞童年的记忆。

一弯残月，已亮出自己磷质的寒意。我们就在月下，敲开生命的瓶颈。往昔，流水无情，我们在灵魂中贮存着疼痛的佐证。

在草木一秋的宏大背景下，我们和夜色一起攻占山峰与河流。而我就是黎明的曙光里那个吹响小号的人。

我们用流水洗去血痂，在伤口上涂满时光的吻痕。路边，野菊花已经开放，等待着霜色。

我在路上，说梦话，打捞水中的月影，然后转身，沿着月光的方向逆行。草木凋零之后，无边的空寂里，是一个人耕种之后的苍凉。

（选自《星星·散文诗》2019 年第 3 期）

青花瓷的诉说

_ 白炳安

亭亭玉立人世，摆在传统的理念上，我只想保持平静的状态，只想以寻常之物呈现身体的釉色以及骨骼中的青花。

尘土孕育，经过岁月的煅烧，有美的质地，我把青花的内秀隐藏得更深。在你的眼里曾经是一幅画，出现在坐标的中心。

时间久了，我变成一个旧的容器，透出体外的青光，蒙尘积垢，也有黯淡的时候。

这时，我在你心里，不再是珍藏品，只是当作你家里的摆设，灌水，插花，逐渐成为装饰生活的部分。

终有一天，我被用旧了的身体，冷却到一边，经历孤独与寂寞的煎熬。

我胸怀里积淀的水，每一滴到达嘴边，都是苦的。

只有上帝知道，我恪守的美德，符合几千年的审美观念。

但在你眼里，我的美德已经古老，缺乏时代的新鲜感，与你的要求，有些偏离。

清者自清，白者更白。
作为青花瓷，我这样诉说：
无须把生活再提纯。
寒冷的世风来袭，我被摇晃到另一个位置。
你离我而去。
心，不再在我的坐标上。
我的身体失去支撑力，摔倒了，和爱一起摔倒了。
碎成一片刀状，刺疼你。
破碎里的液体与哭泣的泪一致：伤悲！
在雨点里，有耳语一样的叹息。
我的破碎，再也装不下你的过失与后悔。

（选自《珠海文学》2019 年第 1 期）

藏乡：一幅江南如意的画卷

_ 牧风

拥有了整个龙江的倾诉和吟唱就胜过了江南吗？
十万个灵魂在叩问大地！
谁的双手打开了古藏文本教文献的神盒，让那尘封千年的历史瞬间豁亮。
谁的双脚踩动朵迪的韵律，把藏羌的神话在摆阵的呼唤中复活。
是江南的杏花雨和达玛花的芳香唤醒了格萨尔王白驹暗示的神谕？
还是拉尕山神颁布给巴寨朝水节的盛典？
一切猝不及防的呈现，使我凝固的思绪倏忽间灵动如初。
为何眼眸里饱含泪水？

为何我的脚步沉重？

那追思园石碑上的名字撞击着我脆弱的心灵，让人难以忘却舟曲泥石流之殇，是那翠峰山间回响的鸟鸣，是那龙江波涛间涌动的成吨祈祷！

晨曦中我在泉城老街寻觅藏乡江南的喃喃软语，还有豆花的鲜嫩，蜂蜜的浸润。

亮起耳鼓，倾听龙江沉吟，细雨霏霏，那缪斯敲击楹联文化古道温润的联句，还有元宵之夜东山转灯的璀璨和神奇。

杯盏已空，那盛满月光的青稞酒桶，成为归乡游子眼里激荡的情思。

远望龙江两岸，那狭小而悠长的古道，就如同楹联绵长的韵脚，在我咬文嚼字的沉醉中渐行渐远……

（选自《飞天》2019 年第 7 期）

爱情邮局

_陈毅艺

手机与微信虽不能代替文字，却早已取代纸质通信……

但这座爱情邮局却无法取消。

有人，有爱，有情感就有爱情邮局的存在。

在传奇的珠海，在珠海传奇的情侣路，在情侣路这块传奇的滩头上，“爱情邮局”与“白色灯塔”遥相呼应，都在海阔天空下互诉衷肠，每天都在讲述各自不同的精彩……

爱情邮局更为传奇，它不仅仅邮递浪漫、思恋、爱……不仅仅邮递星光、月色、朝霞……

我摘一片云投递。

我掬一捧水投递。

我揽一怀风投递。

海峡对岸的姑娘，她看到云就是收到我的信笺；她沙滩踏浪就是与我嬉戏；她张开双臂感受到海风就是与我紧紧依偎……

（选自《珠海文学》2019 年第 3 期）

青花瓷写意

_刘向民

这是一次又一次的热爱和感恩，这不仅仅是青花瓷。

是一些记忆，白云，飞鸟，空旷，朗朗天空，风慢慢行走着，不动声色。

错落有致的山石，瘦瘦的韵味，一丛青竹生长，节和骨突出，细细的叶子，沿着风的方向斜飘着。一尾鲤鱼正在竹影里平静地游走，此起彼伏，始终生活在水里。这是鱼的尘世，多么惬意呀。

一位老者正慢慢前行，眼睛不再迷茫。安静，而不孤独。风在时光的气息里弥漫着流动的体温，多么熟悉的一个中午啊，一场小雨刚刚落下。雨过天晴，太阳明晃晃地挂在天空。

这是秋天的时候，天高气爽，无论是近还是远，旷旷的沧桑都从前朝一路走来；不论是静谧，还是游走惊涛，都被记载在春秋的册页里。

我在等待一地清霜覆盖，还是等待一场大雪落下？其实，我还要等待一场花事蔓延，让安静的尘世，在菊香里更加安静。

这是一次又一次的热爱，经历了一次灼火之后，记忆更加深刻。

（选自《诗选刊》2019 年第 3 期）

石头

_徐金秋

时间可凿空一切，唯骨气不可摧。

一座山滑坡，一定是骨头断了，骨头断，精神开始松散。

树、小鸟、野花、野草都集聚到山上，它们知道山很踏实、安稳。只管葳蕤郁翠，只管快乐歌唱或灿烂美丽。

我们也常常慕名一座山而来，大声喧哗、赞美。赞美山的灵秀或巍峨神奇。赞美鸟儿响亮的歌喉和一朵花的美。

唯有石头不语，亿万年。

（选自《散文诗》2019 年第 8 期）

我歌颂亘古之地

_马东旭

一

很多时候，我知道你陷入了孤独。

犹如一根木头。

在古老的乡村，羊群挤着羊群，人类发出喧嚣。你任凭风暴卷起千堆雪，吹破我们的屋顶，烟熏火燎。父亲，我们是我们自己的灵魂之羽，我们是我们自己的天堂。

我们是福光的孩子。

是两座岛屿相连。

我们听命于身体里的神，乐此不倦地活着，日复一日。

二

我相信。

在我们的家园，没有疼痛的词语。

十万亩麦田托举着金顶，十万条河流游于娑婆世界。父亲，你没有誓言，没有大的清净愿，但有一颗仁慈如水草的心。

你沉默寡言。

向自己身体里的殿晨祷。

早安，古老的乡镇，适宜炊烟飘袅。牛羊成群，它们将跑进人类巨大的胃。父亲，我们料理着时光，时光也料理着我们。你看：绿树村边合，在无声中长成美丽的棺木。

三

新的一年。

我饮酒食肉，用古老的诗文唱出一个美丽的国度。父亲，我们的生命是独一无二的，屋顶于曦光中闪烁，草木蓬勃。

但我对不起一只芦花大公鸡。

它命令我每日起床。当我用斧子砍向它的脖儿颈时，它附着一个怎样的灵魂被撕裂，忍受了多少疼痛。我自己像是一座阴森的地狱。父亲，请原谅我把它偷吃了。

四时万物，皆有果报。

四

除夕之夜。

我与父亲两人饮酒醉。

父亲想到他的父亲，我对其一无所知。他生于民国，在黄岗镇开枝散叶。我们谈起他吃糠咽菜的一生，死于肺癌。

青草覆住他的瘦骨嶙峋，青草就是他的裹尸布。天空是他的另一层裹尸布。

说着说着，悲伤就噎住了我们。

填满了我们的三间草屋。

五

我歌颂这亘古之地。

神圣的家园。

这天蓝得自在，飞鸿悠悠。这石榴花开如霞蔚。这涓涓的申家沟，乃是源初。我在一滴水里窥视人生。槐树长成槐树的样子，盛开的花只能叫槐花，它唤醒我们甜蜜的记忆。

尘世庞杂，又凉薄。

没有谁能放下悲欣，看清自己的脸孔。只有河流能完整地交出河流，只有青岗寺的尖顶静静静地矗立。

六

父亲，你是我的岸。

你的嘴角闪烁着祈祷文。

在申家沟，我看见百舸争流，千帆竞发。看见雁群飞过金顶，沉香是人间最美的香。看见少年如幻，撵着洁白的羔羊。我看见老祖母沿着河岸浣洗。洋槐花抱紧于枝头，枯藤发出新芽。

父亲，你远走的心异常坚定。

烟花三月。

你不去扬州，去郑州。携着申家沟的穹庐和干粮。

七

我听见隐伏的蛙鸣。

听见诵经。

这个夜晚足够寥廓，仿佛被我一人所占有，黄岗镇是父亲的异乡，但是我的出生之地，净土之地。父亲让我一棵独苗扎根于此，开枝散叶，让我孤寂地在平原上悲喜。

这被风吹得摇晃的槐木，

迟早会开出花朵。洁白无瑕。

我相信，我能承受它细腻的清香，同样能承受它的荒凉。

（选自《湖州晚报》2019 年 6 月 26 日）

凝望梵高的向日葵

_倪俊宇

一

这是一个古老的传说。

阿波罗的恋人，狂热地追慕经天的显赫辉煌。

你读这个传说，把自己读成一株向日葵。内心的金黄与灿烂，能抗拒眼前身后的灰暗、陈旧的俗世彩色么？

二

狂热地爱着阳光，就愈感黑暗中的阴森、冷漠与孤独。

充满动感与灵性的粗犷笔触，背离巴黎的灯红酒绿。

一粒尘埃的跌落，惊醒谁悲悯的感慨？钴蓝色的眼光，便走出教义的诠释，走向南方的阿尔，走向惊心动魄地转动着的螺旋形的硫黄色太阳之下的世界。

三

倾听尘烟背后的声响。走进摘橄榄的妇女与食土豆者的叹息，走进黄昏播种的农人、掘土者、锄地者和渔夫的汗滴与皱纹，走进被蹂躏肉体和心灵的妓女的呻吟……

一支画笔，触近低处的土地的搏动。

四

爱的最强光，燃旺原始的冲动与狂放的热情。画板上，赤金般的信念，种植出那扭曲的茎秆、执着的花盘。

孤独心灵流溢出的彩色，艳丽如火，那可是被暗旧生活囚禁的炙烈渴望，在挣扎，在呐喊?

而卷曲的花瓣，在散落，终碎成麦田里仓促的枪声……

哦，野葵花，纵然是枯死了，仍挺着倔强的身姿，为光明的太阳殉道。

五

一切远离，但一切没有逝去。

当灵车咕隆咕隆颠簸着，碾过奥弗城的老街时，太阳，流下了滚烫的铜液般的泪滴，灼热了身后的久远岁月……

（选自《星星·散文诗》2019 年第 5 期）

JI SAN

辑三　起伏的音界

断章（外二章）

_谢克强

致

你是一棵著名的树。

自从你站在这里，阳光就匆匆赶来，摇曳你的高大与伟岸。而你伟岸高大地站着，站在岁月的风景线上，站成一种风度、一种气质、一片浓荫，夜一样洒满空旷的大地。

乘凉的人，谁不想大口大口咀嚼你的恩惠呢？

你是一个巨大而丰富的存在。

瞧你，属于未来，你创造的枝丫一节一节不断突破时空，那昂起的头颅，用密密的树叶摇曳青春的光芒，除了抚摸流云和风，还引来一群群白色的鸽子。

许是因你生命的扩张，阳光也格外多情地爱抚你，可你创造的丰富却不因季节的更替而哀哀荣荣。

站在那里，你就高举生命的辉煌。

景仰，崇拜，并师从你。将思索的根深深扎进大地深处，然后守住属于自己的那一片家园，但我不想走近你。

我是一棵无名的小树，我不想因你的巨大而失去我渺小的独立。

思　考

窗外是白茫茫白茫茫的雪。

屋里是黑漆漆黑漆漆的夜。

我就坐在白与黑之间，连自己的影子也不见了。纵然我早已习惯比酒还浓的寂寞，但还是有一点不太适应这一片空旷与虚无。于是，我闭上眼睛，来来回回，反反复复，回忆或思虑往日那些黑白分明或者黑白混淆的往事。

想着想着，一会儿眼睛亮如黑夜的星辰，一会儿嘴唇乐得似含苞的花朵，一会儿眉睫堆起几朵愁云，一会儿心又沉重得似灌铅的秤砣……

这样的夜晚，适合思考。

存　在

种子相信新芽的存在，用忠诚滋润梦想。

花朵相信果实的存在，用真情丰盈情韵。

树根相信树叶的存在，用虔诚拂响心声。

不久，新芽得意地张扬着憧憬的梦，果实骄傲地摇曳丰盈的身姿，树叶轻狂地低吟浅唱自由的歌……

风，有些看不惯它们轻狂的样子，就对它们说——

你们现在的这一切，只不过是你们存在的影子，终有一天，你们会发现，你们所有的一切，都是土地给予的。如果离开了土地，你们的存在和因存在而憧憬的梦、丰盈的身姿和自由的歌，都会枯萎、凋零和死亡。

那时，你们还存在么？你们的生命还有意义么？

（选自《星星·散文诗》2019年第5期）

雨中与百岁女子相见

_徐成淼

是怎样的前世今生，让我在这样一个淫雨之日，在这里邂逅这位百岁女子？

檐水像串珠似的跌落，敲出了铮淙的乐声。天井里那棵结满果子的柿树，依然在雨中昂首卓立。

松风水月。白垩老墙的罅隙里，层层苔藓已经板结；那些经年的木门窗上，也积满了苍老的尘灰。

岁月静好，雾雨微风。

我就在这样的雨中走向她，走向这位世纪妇人；盼望着从她那儿，参悟生命和命运的真谛。

她兀自坐在廊下，看着眼前的雨丝和檐水，一脸平和。

她脸上每一道深深的褶皱，都无声地沉积着曲折的故事；她那头浓密的白发，每一绺都默默地叙说着长长的人生。

浑不知瓦槽中流下的雨珠，曾滴穿多少阶石？那扇虚掩的木门，又磨瘦了几多户枢？

她曾经用一生的时间守候，这守候是荷锄、挥镰和负重，是孕育、炊养和缝补。百年有如一日，她，好像什么都经历过了，又似乎什么都未及充分感受。

那么当初的那柄竹马呢？当初的那捧梅子呢？还有大红的盖头和揪心的唢呐声呢？

一切都流走了，随着楠溪江水，渐行渐远。而她仍如此安定地坐在这里，宛若处子，不为外界的一切所动。

烛影摇红，雨打芭蕉，三寸金莲踏破了滚滚红尘。除却巫山经沧海，时至今日，她还有什么解不开、放不下的？

噫！生命如斯，此生足矣！所有的沧桑都可以忽略不计。

就像舟女手中的那支竹篙，休提起，提起了涕泗满江河！

（选自《大沽河》2019 年第 1 期）

韭菜坪，阿西里西

_ 宋晓杰

——向上！更高处，会有更美的风景！

中国。赫章。韭菜坪。阿西里西。2777 米。这份神秘的呼吸，来自高处，却作用于心灵。

我们登攀——

整整一个下午，小雨送来丝丝凉意，送来画意诗情：一份给你，一份给货摊上的嘉宝果，一份给麻木的神经……是时候了，给骨骼补钙，给血压降温。我们冲着天空大声呼喊："我来啦！神山！神山！"这一切，都是源自一种色彩的吸引。

韭菜花，居然不是北方常见的白色。它竟然粉嫩、鲜艳。更要命的是：它们太任性了！它们彻地连天！仿佛一场预谋之中的美丽"暴动"！

至今，我没有见过你繁盛的容颜，大段的空白只能以想象的画笔填充。但是，我虚构的能力极强——我的脑子里，不停地在放映着幻灯片：你小的时候，你努力向上的模样，你娇羞的表情……如亲人的一帧帧照片，在失眠的夜空中，它们不停地交错、穿行。

如今，在你沉静的时候，我要陪你坐一坐，这更值得——能够承受落寞的，必定胜于对繁荣的承担。你静默无声，与千亩石林遥遥相对——是的！天上、人间，都不能让"情"字落空。危耸的石林，自制了险境。但是，你使它孤单的美锦上添花——“石头也能开花”，看看吧！世间万物，皆为通灵。

我大口地呼吸，大声地说笑，我这条在城市中缺氧的鱼，要来与花儿交换气体，与你做童话中的知音。不必说核桃可以益智，天麻可以觉醒，苦丁茶更是必不可少——还是吃点儿苦吧！现在的日子甜得发腻，确实需要“原生态”这一剂良药。

穿越，去更高处看那翻卷的云海、连绵的峰峦，看那汹涌的花海奔向天边，万道霞光又为它们镀上慈祥的徽光。

韭菜坪，你这“亚洲的普罗旺斯”，果真名不虚传。拾阶而上，停停走走：我是我园丁，我也是花朵；我在高山，我也在人间。

“石头通过发酵，化为生命的精气。植物通过爱，化为人。”唱起来吧！跳起来吧！我们都是好朋友！阿里西里！阿里西里！

（选自《新时代散文诗》2019 年创刊号）

水乡记忆

_何霖

水　车

那时还没有水泵，水车就伫立在涌边田畴。

水车在记忆中转动，涌水在村民脚下回流。低洼处的水，随着动能的转化，在一根龙骨的牵引下，将一铺铺的波浪翻涌上来。那些高处的稻田，被水流漫过，开始延续新的生命。

不知道那些和我一样渺小的禾苗，是否能预见丰盈殷实的秋天？

不知道那些跋涉阡陌的足迹，是否还在演绎艰辛与收获，眼泪与欢笑？

几百年来，水车在自己的岗位上沉思、凝望、辛劳、忙碌，它不知疲倦地转动，不因命运的曲折而埋怨。

水车，是一声声的隐忍，被人们不停地踩踏；是泅渡着的苦难，始终坚守一个动作。

水车，随着时代的变迁，改变着转动的速度，改变着水流的姿势，改变着生命的轨迹。

水乡向现代蜕变，水车的转动在那一刻戛然而止，几百年来的光阴也开始终结，无可抵御地完成了使命。那些高处的生命，被另一种工具所取代。

在流逝的岁月里，水车蜷缩在田地间、屋檐下，日复一日，年复一年。当日子走远，它也渐渐走远，渐渐消失。

这无疑是水乡的见证。能够让它再现的，是那个乡村展览馆。

沿着一段风干的记忆，水车在沉默中装饰了水乡永恒的风景。

风　柜

在水乡，风柜是属于打谷场必备的器物。

金色的田野在阳光的浸润下，我仿佛看见很多闪烁着光泽的草帽，以及头顶漫天飞舞的稻穗。这是上苍的赐物，一躬到地。

然后一茬茬的稻穗被举起、放下，那些在禾桶里跳动的金黄，慢慢变成汗滴和花朵，一担担的稻谷被运往晒场。

谷物已经归仓。石磨就在不远处，它用特有的坚硬打量着我。

石磨粉墨登场，稻谷在它的碾压下兴奋地、狂乱地翻转、剥落。

这时候，风柜摇动起来，谷粒和谷壳尽情地舞蹈，在它们有些倦怠的时候，干干净净的谷粒在风柜中脱颖而出……

几百年来，风柜以唯一的姿势站在打谷场上，辨识良莠，恪尽职守。它亲自体验稻谷流经身体的过程和快感，并感受村民的幸福和喜悦。

风柜忠于职守，内心充满安静和毅力。它在阳光下静静地看着村庄，看着一村的男女老少，看着每家每户的袅袅炊烟，成为村庄的守望者。

在岁月的风尘里，风柜已然像个雕塑，它总是在老城墙和旧村庄里徘徊，或被放置在风情街的展览馆里被人遗忘，但它用精神和虔诚发射光芒。

这是一个古老的农具，也是生活的缩影；这是文明的象征，也是历史的写照。

（选自《散文诗人报》2019 年总 52 期）

旷然（外一章）

_李俊功

拉长目光的那棵树，确是平原飞翔的翅膀。

沉潜的声音劝告：停止摇摆。雨水下降，阳光生长。

寻找灵魂的人总是比别人提前赶到。

它掌握克服虚无感的分散片。掌握平原开花结实的钥匙，掌握直路向往的方向盘。

最初也是最终，他掌握他自己，内心高大的泡桐树！

孤独，正好打破蜂拥的声色傀儡。真实到土尘纷披，撤下欲望高筑的舞台，怎样的假面舞?!

断然回绝市声诱惑。

在它繁花的一朵间，看到平原冷静的史记，不言而喻的慨叹。

看到它熔炼现实之罪的无数次变形记。

咸平湖

远空悄然滴落白昼的魂，白银的札记。

它有瓷器的造像。

它满怀的一朵朵游鱼，关乎水和生命的禅理。

我在通许观览北边的湖水。

南边的无际嘉禾、落叶乔木，在阳光和雨水里打坐。

几只船并非空载悠悠，蓝空白云渡到轻无，或者安然，若某某人持忏以常。

昨日梦的折翼？
不，脚步移近，弓腰者，是谁？
掬其一滴，……一滴……一滴，透明的药液
清洗眼角的云翳？

倏然明了：
向下，借一湖清波足以瞭望到低姿态的苍穹邈迢！

（选自《散文诗》2019 年第 2 期）

鸡蛋花

_蔡旭

许许多多的树，都能忍住不开花。它忍不住。春天，天真烂漫的童年，怎能不开放？夏天，风华正茂的青春，怎能不奔放？秋天，欢庆丰收的季节，怎能不怒放？冬天不开花，只是在积蓄与酝酿。四月到十月，好长的花期。一朵朵鸡蛋一样的花！一树树鸡蛋一样的花！花瓣像蛋白一样白。花心像蛋黄一样黄。还要尽情散发鸡蛋一样的清香。即使开过的花朵落了地，香气还会在空气中弥漫。不管别的树开不开花，它想开就开。不管再多的树不开花，它要开就开。高兴时它不想忍住欢乐，张开五片花瓣，心花怒放。痛苦时它不想忍住哀伤，一边倾诉，一边保持微笑。心中有话总是憋不住的。任是谁也阻不住，任是谁也禁不了。在树的家族中，许许多多不开花，认为是本分。可是它对自己说——心中有花却忍住不开，不是胆小，就是虚伪。

（选自《湛江晚报》2019年11月25日）

我读黄河

_封期任

黄河册页

黄河——

骄傲的血管里，奔涌着一个民族的圣流，穿过黄土高原的腹腔，走向生命的崇高。

滋养着一群水鸟，在湍急的水里，唱响一支骊歌，把母亲鲜活的热望传递。

在这鲜活的热望里，我把自己完完全全地交给浑黄和苍茫。

交给远山和近水。

交给一只羊皮筏子，划进阡陌交错的楼宇和纵横捭阖的血脉里，翻阅山河册页，讲述一个古老而又年轻的故事。

风，呼啸而来。

抚摸远去的黄河，认领濡湿的表情，衍生着源源不绝的精神滋养，茁壮我的灵魂，以及，深沉的土地。

老码头

时光老人蹲守在千年渡口，揖别唐古拉山脉的烟云，凝视黄色的血液，牵着一种向往一种信仰，

一路向东、一路向东……

咀嚼灵性的风，撰写一个又一个光阴故事，讲述黄天厚土，和纯粹的花草树木。

咀嚼如歌的涛声，在阳光缝隙处，点燃一盏灯火，耀泽苍老的历史。

耀泽回旋的水流，化成一纸神谕，庇佑苍灵，抵临深邃的福祉。

讲述大地的动脉，不论长短，不论贫贱，日夜哺育温情的土地，繁衍出山川之美、天地之美、人文之美。

透过你凝目沉思的眸子，我读懂了时光碎片上的甲骨文，寓意生命的热烈，和蓬勃的景仰。

读懂一河两岸那些精湛的骨架，支撑起林立的高楼和穿梭的车辆，飘出一缕炫音，万年不老。

读懂可掬的笑容，把过往的故事和曾经的预言，淬炼成滚烫的泪水，浸润沧浪的心。

一阕辞章，拔节欢乐的高度。

一张粗糙的，褶皱的，蜡黄的脸孔，放飞一只火鸟，如打坐入定的时光老人，在稼穑与魂魄之间，重读黄河。

慰藉我，和一去不复回的水。

（选自《湛江文学》2019 年第 7 期）

八桂山川（组章）

_庞白

大容山见闻

仍然会有细雨，在天上飘，沾湿头发；

仍然会有轻风，在山间流，送来温柔；

山石仍然粗犷，竖立山之上；山色仍然收敛，隐藏清香深处。

仍然会不期而遇三五鸟鸣，响于树梢，它们只回应生机，不惊动寂静；仍然会有冬寒从山顶压下来，春暖在山底迎上去；仍然会有生命萌动的声音在泥土、山石和草木中，拔节。

空山幽谷，一刻不停进行着万千变化。

那变化是山中的浓翠，是云海的呼吸，与自然生长的声音融为一体后阴霾里迅速蔓延的艳丽无边。

返回江头村

背景阔大：

大江、大河、大山……

贡士、进士、庶吉士……

背景只是背景。背景不在现场。过往的事物，再逼真，数百年来，也没能惊动周氏祠堂的灯盏。

满月中的小镇，如满月中的耳郭，透亮。
小河在背后，扬起鱼儿打水的声音。
月亮和露水似乎在低语。
亮的、美的，都被它们湮灭了。湮灭路上有深爱——
骨骼撞击，朗朗的宣言。

窗里和窗外，还是昏暗的，看不见风。
想着，风一吹，风就过了山冈。
风再吹，莲花池，还是莲花池。
池中有睡莲：淹没的是世态之姿，浮现的是未知的走向。

（选自《星星·散文诗》2019 年 9 期）

高铁飞驰在辽阔的科尔沁草原（选章）

_侯洁春

一

穿越历史的时空，眺望辽阔的科尔沁草原，看那天边一道靓丽的风景线，一束银光，飞驰在草海之上，带着骏马横空的神奇，携着箭飞电闪的精彩，那是中国的气派，把草原推向崭新的时代。

站在大地仰望苍穹，“长生天”刮目相看如今的草原，高铁飞驰在时光的轨道上，滚滚的车轮，碾碎了老额吉思念儿女的愁绪，笛声阵阵，赶走了妻儿泪盼夫归的忧伤，遥远的期盼，化作团聚的香甜。

二

飞速的流线洞穿古老的沧桑，那是草原图腾的翅膀，向辽阔的草原播撒吉祥安康。飞驰的力量掀起滚滚的绿浪，马头琴的悠扬，伴着牧歌在大地流淌；长调的悠扬和奶酒的浓烈温暖了毡房，润透了生活的芬芳。

三

强壮的小伙巴特尔，心中燃起自信的烈焰，他想把当年阿爸策马与火车比高低的壮举重演。当他与高铁会面时，扬鞭催马，蹄花四溅的瞬间，列车一闪而过，飞向了远方，他心服口服放下马鞭，用惊奇的目光护送着高铁的飞翔，让一段历史成为永远的时光。

四

老阿爸站在草滩遥着天边，一个神奇在草原上出现：正视是马，侧看是龙，一匹白龙马驾着奔腾的思绪，在碧海上飞行，乘风追音的速度，吞没了路边的一切，牛羊、敖包、小河一闪而过，勃勃的雄风，抖落古老的沧桑，驮起一列牧人的希想，载着一路阳光，沿着岁月的方向奔向梦想的天堂。

（选自《通辽日报》2019 年 1 月 18 日）

天祝之门（选章）

_吴佳骏

二

在前往天堂镇的途中，我望见了白天的月亮。它安静地卧在苍穹，如同上帝的孤儿。我想，这肯定是一弯胆小的月亮，不然，它绝不会从黑夜里逃到白天来。它胆小，倒不是因为它怕黑，而是怕走夜路的人的歌唱声，怕坐待天明的人的诵经声，怕掰着手指头数星星的孩子的祈祷声，怕坐在窗前或屋檐下守候黎明的人的哭泣声……也有另外一种可能，月亮来到白天，是要躲避它在夜晚的失眠，就像花朵拒绝开在春天，是要躲避它在盛开时的疼痛。但不管是哪一种情况，月亮都是天空之上的旅人。它以沉默走遍了世界，又以光亮温暖了世界。或许在月亮的眼里，从来就不存在黑夜和白天，正如在佛陀的眼里，从来就不存在生和死。我能在天祝望见白天的月亮，也没什么稀奇。月亮是天祝的一部分，我是月亮的一部分。

（选自《山西文学》2019 年 11 期）

后台

_李曙白

后台是一个产生故事的场所。
一次又一次，在后台中发生的故事，被我们搬到前台。

这就像农民把谷仓中的粮食搬到晒场晾晒，这样的劳动每年夏天都在烈日下进行。
有时候看戏的人也会偶尔走到后台。这时候你就从另一个角度观看演出。

站在光线暗淡的谷仓中看阳光下的晒场。
那些谷子灿烂得让你觉得不真实。

（选自《上海诗人》2019年第5期）

梦里总有一朵阳光

_庄伟杰

梦里总有一朵阳光以举杯的方式，畅饮你阳光般的微笑，连时光都饮醉了，在离别的三月。

此后的日子，为何梦里总有一朵阳光朝我微笑，美艳得接近于一种天籁。

久未相遇这种感觉，包括梦中呓语这季春天呵，仿佛比从前阔远了。

沏壶香茗，茶水中有你的回眸一笑灼烫了双唇，却尝到柔媚的滋味。

云卷云舒，一颗骚动的心时开时合。

天各一方，向高空探听神灵的旨意。

突然放下手中之笔，到阳台上赏花。再按动手机，向远方发出春天的祝福。独处独坐，打开你制作的美声朗诵。很是陶醉，恍惚间走进一方幽深的意境。在诗性的画面里，提炼文字的芬芳。

道成肉身，浸泡在一湾浅浅的清流里。

抬头看窗外，一群燕子衔来春的喜悦。详细辨认，似是从你手掌心放飞的。

拈紧一朵充满禅意的花，自我解嘲。还是走不出红尘，走不出你微笑的阳光。

（选自《散文诗世界》2019年第6期）

周庄，水做的乡愁（选章）

_孙重贵（香港）

一

中国第一水乡——周庄是水做的，周庄的乡愁也是水做的。

上善若水，利万物而不争。

水是周庄的灵魂，不朽的灵魂，闪光的灵魂。魂在，周庄的血脉就在。

水，孕育了周庄，也成就了周庄。

二

镇为泽国，四面环水，咫尺往来，皆须舟楫。

澄湖、南湖、白蚬湖、淀山湖，把周庄从水中轻盈托举出来。

纵横交错的井字形水道，把九百年历史的古镇分割成世外桃源。

周庄因水成街，因河成镇，小桥流水人家，一幅魂牵梦萦的江南水乡水墨画卷。

四

烟花三月我来到周庄，撑一把油纸伞走进古巷深处。

缠缠绵绵的杏花雨，朦胧了深宅大院、过街骑楼、粉墙黛瓦、穿竹石栏。

隐隐约约传来的全福讲寺钟声，敲打着我激情燃烧的心房。

天空中洒下的每一滴雨点，仿佛都是吟诵记住乡愁的诗句。

（选自《香港散文诗》2019 年第 54 期）

行走在从东汉而来的新田

_温阜敏

在遥远的东汉出走，从冰天雪地的北方跋涉而来，一路逶迤，沿着南方的阳光，在重峦叠嶂间奔波。翻越南岭，在西晋的昌水江畔停住疲惫的脚步，搭屋筑路，凿井开地，耕出千畴良田，万顷熟地。

客家的新田村男耕女织，在粤赣边的乌迳古道边历尽沧桑。幽幽的古井，依旧滥觞不涸的甘泉；黯灰的青砖祠堂，攥紧了千年的时光。当我徜徉在村巷间的古道，间或探古访幽时，只见新楼伴残垣共竖，公社标语残存门楣，波斯菊绽放在废墟，只见书院虽颓唐，可追忆当年的发蒙书声；竹林掩映下的码头，还剩下坚持亲水的麻条石。

稻菽清香飘进农历九月，神炮响起姓氏节，锣鼓喧天，龙狮共舞，戏班表演，牺牲祭祖。邻省老表也组团包车前来，一宗族亲与嘉宾游客米酒畅饮。上古遗风的节日，新田村就像打开折叠千载的风俗历史，呈现大山般宽厚纯朴的面容。

行走浓郁泥土味的路上，行走返璞姓氏节的民间，我遇到往昔与现实的纷繁交错，撞上悠悠传统与新时代的交织回旋，南迁越人的离歌音犹在耳，新田村民俗旅游兴村的新合唱扑面而来，哦，我们拥有一个共同的中华姓氏，新田村高香长烟告诉我，初心勿忘，本根永固。昌水河丝丝涟漪告诉我，维系民族文化的流脉，方能生生不息，源远流长。

行走在新田村，金秋悦目可飧呵，新田新村，新风新水，新天新地……

（选自《韶关日报》2019 年 1 月 9 日）

秋光里的落叶

_王琪

叶片扁平硕大，叶脉呈河流状，当我从城墙下的阔叶林，捡起其中的一枚，凝视它时，我惊讶于十月的门楣，飘向这人间的音符，令所有精彩的暗喻或隐喻，顿时哑然。

上面清晰的纹路，是在用叶子黄金般的语言，记录着珍贵的生命往昔。一丝墨绿，几许深黄，无奈地突显出岁月的苍老与无望！

我不关心它来自哪一棵树枝。我深信，它簌簌下落时，定是带着某种深色的心愿。离别还是回归？或者，只为等待在生命的尽头，绚烂地燃烧自己？

风起之时，落叶一枚跟着一枚，尽情渲染着浓郁的情绪。秋日如神，缓慢地君临城市以西，似乎奔赴一场缤纷热烈的盛宴。

枫叶火红，银杏遮天，梧桐高矗，我眷念哪一个，哪一个都呈示着本真的色彩，散发出尘世恬静、迷离的味道。

多年以后，我会不会也像这落叶，在这夕光撩人的日子里，以下垂的姿势，完美闭幕？

（选自《湛江科技报》2019 年第 1406 期）

井

_ 李成

因为大地上暂时失去了光明，我便把目光向下，在地面上搜索起来。

我以为光明是消失在了地层，那厚实的泥土吸尽了光明，而它们本身又不发光，或不愿发光。

我便扛来了镢头和铲子，我要把光明从泥土里掘出。我一铲一铲地把泥土翻过来了，然而不见光。

我的镢头还碰得石头叮当响。要在平时，我一定会把这响声当作一段曲子来欣赏，可是这会儿我一点都顾不上。

我仍然在挖掘，我不停地挖掘。汗水流了我满面，衣服也快要湿透了，而且我的手掌早已被震得麻木。

我挖啊挖，我在地面上挖出了一口井。

泉水涌上来了，泛着光，我越发相信光明就在井下；我越发下劲地挖，我把泥土、石块都甩在了身后，噼噼啪啪像雨点。

那口井越来越深然而却越来越幽暗，只偶尔有水光在一闪一闪；

我把那井水一瓢一瓢地舀上来，我把它们泼在了地面上，那水闪烁着光，然而很快就消失，又渗透进了地面。

我多么希望有光在大地上流淌，我没有放弃，仍在挖，同时还在汲取井泉；

整整忙了一天一夜，或许时间更长——一月或一年；

我不停地挖不停地汲，像一头猛兽，

像一头猛兽在舞蹈，

但光明仍然只是闪烁的幽光……

终于，日月重光，大地上又恢复了光明，恢复了生机，人们欢喜地跑出家门，到处都有人在走动、说话、歌唱；

也有人来到我的井畔，他们看了一眼这巨大的深坑，先是疑惑，接着是错愕、惊讶，但最后便爆发出狂笑或发出轻蔑的一哂；

我也对这口井一言不发，但奇怪的是，我一点也没有认为徒费气力；

更有甚者，从此以后，总是有光明汩汩地从我心口流淌……

轻轻的一声娘

_周文兴

从家乡赶来的月亮告诉我，母亲想念我了。躲在月亮背后的太阳一听到，彻夜难眠，晨曦初开就带着我一路西奔。

当太阳涨着红通通的脸坐到家乡西边的矮山坡上喘息时，我也回到了村口。

袅袅炊烟，一缕缕地数着我离开的日子，村庄望着我，欲言又止，静静地牵回晚归的牛羊，也牵回背井离乡的我。

母亲不在家，我慌慌张张村前村后寻找。在村后转角外，一个佝偻的身影，步履蹒跚地背着一片森林，背后，一只蜗牛紧跟着。

我心痛难受，嘴唇轻启：

娘！

轻轻的一声娘，惊得村庄呼吸一颤，惊得太阳跌下山坡，夜跑了出来，惊得屋檐下几只燕子一阵心酸，齐齐出来一起叫娘。

一轮弯月蹲在树梢，心疼泪落，那斑斑泪迹，湿了谁的足迹？

（选自《诗选刊》2019 年 7 月刊）

瑶山行

_彭春荣

一

连绵如海，百里绿波，翻涌着谁的情思？

云雾中跋涉，要来赴这场初冬的盛会。

笔墨凝注成诗行，浸染金桂的馨香，洒遍这百里瑶山。

二

排连排，行对行，层层叠叠。

瑶王屋中已不住瑶王，谁在屋角挂了霓虹灯，在轻雾中明明灭灭……有穿着高跟鞋的女郎从石阶穿行。

对屋的檐下，阿妹在缝制头巾，古老的针法，嘴角倩笑，目光闪动。

半山有阿妮蜷着腿蹲坐，向着寨门的方向，专注而虔诚。

千年瑶寨，藏不住想要飞越的梦想，却盛满盼归的热切，在老阿妮的目光里。

三

掠过山坳的风挟着雨，像传说中远古的那一次海上的呼啸，梦中迂回了千百年的狂潮，穿越九州，踩着节点，落在今日的歌堂，田间地里。

俊俏羞涩的沙幺妹，跃跃欲试的阿贵，温厚的阿妮，咧嘴憨笑的公爹……瑟瑟风中跟随的狗，忘情地舞动！

鞭炮声隆，瑶鼓点点，欢庆一季的丰收，祈愿风调雨顺，年年岁岁。

四

南地温润，山亦秀毓，风已凛冽至冬，这山岭仍然油绿氤氲。油岭因此得名吗？

多少年，山岭脉脉，拥这一片土地在怀，给瑶家儿女倾注千年的情深。

多少年，祖辈的坚守，歌声里沧海桑田，福祉绵延。

水车流转，像客语呢喃——山与水间缠绵悱恻的情话，千年不断。

田垄石径，通往更高更深的山里。

溪涧清流，是油岭丰盈的血脉，流向更远的前方。

我来得不算着时，不得见这油岭春耕的繁华，夏夜的清宁，秋收的热闹，只见这初冬的清寂，半山角楼屋檐下，挂着的玉米棒，像挂着一串梦想。

檐楞边斜出的桃枝，像要告诉我，它会在来春，开一窗的明艳，等对面岭上阿妹的第一句情歌。

（选自《广州新闻》2019 年 1 月 9 日）

在咖啡馆

_敬笃

骑着单车，压过城市的夜，繁星搅拌其中，斑驳陆离，疲倦像一只黑猫，悄悄溜走。

在没有灯光的角落里，藏着一处咖啡馆，普普通通，通俗的音乐，尝试营造一种文艺的氛围，未免有些牵强。

没有书，没有诗，没有酒，一杯卡布奇诺，或一杯拿铁，品出不一样的人生。

暗色的格调，是寂寞的颜色，是孤独的伙伴，是独处的渴望，昏黄的光铺陈在没有灯的面容中，聊表慰藉。

墙壁上签下思念的名字，或许一种祈盼，就在品咂中，遇见了那个未知的你。

每一张桌子，代表一个故事，每一把椅子，暗示一个角色，谁是主角并不重要，重要的是尘封之美，能否被唤醒。

深藏心底的雪，能否幻化成无形的水，止于流觞，而后雕琢成精致的瓮，包罗万象。

攀爬入顶的藤萝，繁茂密集，与季节无关，只是那些被泪或咖啡浇灌的根，有了生的意义。

时光切换，万物静默，我眼中的世界，似乎刹那间被缩小，竟然装不下一个瘦弱的你。

锣鼓声，打破了安宁，一首关于寂寞的歌，在人群的喧闹中高潮迭起，看得出这夜的咖啡馆并不孤独。

（选自《茴水》“新散曲”2019年第4期）

克鲁克湖：鱼与人性呼应

_张敏华

苇草，湖光，鱼鸥，水天一色的蓝，一览无遗的蓝。

辽阔，逶迤，有限与无限的水域，先知而后觉。

而我看见的，是湖水的起落，幻想身上长满鱼鳞，做一尾自在的鱼，即使辜负自己也决不辜负湖水。

船靠在岸边，湖上没有一个人，望湖发呆，谁在我的肩头拍了一下？回头看见水中闪现的银光，鱼与人性呼应——

我将一瓶矿泉水洒向湖面。

“我出生在湖畔的怀头他拉乡。”“藏语是多草的芨芨滩。”

背对夕阳下的克鲁克湖，我们拥有先天的默契。

（选自《星星·散文诗》2019年第7期）

心灵之旅

_ 丛林嘟嘟

乌拉盖。

青草，是一根牵引的风筝线。

毡房，是梦想铸就的一个圆。

风，吹来遥远，没有终点。在七月，四季的脚印汇聚，奔向天边草原。

这个到来的时刻，所有的事物引领我们找到内心深处的自己。

我们一直在寻找，不曾放弃，也从未改变。

回归之路不止一条，而所有的道路最终通往心灵。

一路向北，跨越千山万水，轻轻走向你。

你是我半生到达过的，最远的远方。

抵达乌拉盖，我洞悉了来路与去路。

从此，再也没有一条路能通往更远的远方。

不仅仅是天边草原的辽阔无垠，也不是黄花、芍药的绚烂和成群的牛羊、洁白的云朵。

也许是蓝天下自由的呼吸？

一抹馨香，直抵饱蘸诗意的远方。

我知道，所期待的必将到来。

不需要答案，答案会有一百个，而每一个都不是真相。

真相，是你遇见了另一个你。

你停下脚步，要挽起另一个你。一起向前，走下去。

天然，遇到自然，属于灵魂的碰撞。

不善饮酒，但下马酒一定要喝。我低下头，虔诚地接受一条代表吉祥与祝福的哈达。

踏入梦境般碧绿的牧场，仰望结伴飞过头顶的鸿雁，品尝新鲜的手抓肉和醇香的奶茶，那个马背上的民族，在我心中渐渐清晰起来。

我以游牧的方式，走进梦想的天边。

冥冥中，一股神奇的力量，将我与十六岁的花季连接，好像一件拆了重新编织的毛衣，线是旧的，起针数是一样的，但一切还是重新开始了。

那是一个全新的过程。

站在观景台，飘过的白云像仙境的一块幕布。

拉开之后，我知道生活不是发现的过程，而是创造的过程。

绿彩带蜿蜒而来，又蜿蜒而去，九曲弯在我眼前打开一个新世界。

我走进去，创造一个新我。

乌拉盖是有灵性的，它让漂泊的灵魂还乡。

似乎听到乡音，仿佛遇见故人。

回归。

顺着乌拉盖河流，回到二十年前，甚至更早些时候，从我确定想成为什么样的人开始。

我听见内心的声音，并付诸实践。

渴盼着，比什么时候都渴望成为真正的我。

一个自由行走的我。

一个站在黎明里的我，和草原上开落从容的小花并肩在一起。

坐在曙光升起的地方，倾听。

那一声雷鸣，充满神性的召唤，唤醒大地的肌肤，唤醒每一个沉睡的细胞。

风吹过青稞，吹过每一棵细小的植物。

此刻，我想画下虚拟的花开，画下比雷鸣要快的闪电和比闪电更快的心念。

画下晨曦里健壮的马匹、温柔的羊群和水草丰美的初夏。

可笨拙的笔触，却无法画出一样的乌拉盖。

我将美摄入眼眸，珍藏心底。
敬天敬地，敬一只逆光飞翔的鹰隼。
多么奢侈的三天，与你在一起，日日夜夜。
生命中的昨天、今天和明天。
一次又一次，沉入深深的草海。
一遍又一遍，画下黎明的天边。

我将战栗留给草原上盛开的白芍，将祈愿留给挂满经幡的敖包，将爱留给心中永远的——乌拉盖。
小镇广场，呼麦，高一声低一声。
两股人流，欢舞，火焰点燃火焰。
寂静的草原，喧腾的广场，动与静之间，你频域变换，我忘了人间。

碎银般的月光倾覆。
那是我心灵指向的大地，与十月落雪的草原。
在一本书的某个章节，静心倾听自己，找到那条通往乌拉盖的还乡之路。
去感受爱、喜悦与平和，与自己合一，成为自己。
没有分离，只有相逢。

（选自《散文诗》2019 年第 8 期上半月）

会同村的古钟

_唐晓虹

秋日，阳光有约。踏上唐家湾会同古村口的麻石路，我想再次与那尊一百多年前镶嵌于碉楼墙面的西洋钟相见。锈迹斑斑的古钟，一定会以它那凝重、孤独和神秘的模样等待我的到来。

我来了！几束三角梅开着鲜艳的红花从褐色的泥土墙露出脸膛，向我微笑；宗祠门前的玉狮石柱、木匾青砖，静静地瞅着我，都在述说，时间就像河水，一直在这里没有声息地流过。

走进村口，隔着一段道路，我发现那尊三面具有刻度的古钟不见了，高耸的灰色墙上留下一只黑色的眼睛在空洞地张望。此刻，我感觉到有一个最为宝贵、最为奇特的匣子被揭开，古钟聚集的凝重、孤独和神秘随之消失，仿佛发生在这里的各种人和事永远地躲藏了。

秋日的阳光下，我追问——一百多年前，会同先辈安放于村口的时间之灵、精神之光去到了哪里？

终于有人说，古钟进了距离会同村不远的罗西尼表业。一个现代化的钟表厂接纳了锈迹斑斑的古钟，正回归一个走动的时间还给曾经古老的会同，还给正年轻的唐家湾。

从此，所有的往来者都能看到古碉楼的新奇，那尊走动的时间之钟经过精美的重塑，再度镶嵌到碉楼的墙上，延绵古今的时光流水。只是那些聚集于古钟的凝重、孤独和神秘不知是否依然存在？这，将会成为会同村的另一个不解之谜！

（选自《珠海文学》2019 年第 3 期）

冬日的河床（外一章）

_陈修平

那干涸的裂纹纵横的河床，让我想起母亲满布皱纹的面容！

母亲，您也曾拥有梦想涨潮的青春，拥有汇入大海的气魄；母亲，您也曾拥有如水的温婉柔情，拥有似珠的晶亮明眸……

然而，生活的磨盘，日复一日，年复一年，已将您的丰腴碾压殆尽。

那干涸的河床，让我情不自禁想起年迈的母亲——

想起曾供儿吮吸如今干涸的乳房；想起曾昼夜操劳如今枯裂的手掌；想起在母亲的柔波里，畅游的每一个日子……

母亲的手掌

无数次梦中，想起母亲的手掌。

小时候，后背一痒，我就让母亲抓。母亲将手伸进我的衣服，一阵摩挲过后，通体舒泰。

稍大后，我才知道，母亲并非用手指在为我抓痒；而是用她的手掌，那双长期不知疲倦地侍奉田园操持家务的手，早已被岁月风雨侵蚀得裂纹遍布。她正是用她粗糙不堪的手掌，捡拾起一家人的生活，也抚摸出儿女的舒畅……

年岁大了，母亲依然不肯离开她坚守了一辈子的村庄，依然侍弄着菜园，放养着土鸡。

每当儿女回家看望，她就用那双沟沟壑壑的手，端出已积累有些时日的鸡蛋，捧出刚从地里采摘的蔬菜，我光滑的手，羞愧得怎么也不好意思伸出去接！

昨夜梦回，梦见母亲的手掌恢复了也曾经有过的光滑绵柔，不用再在寒冬里忍受皲裂的疼痛……

（选自《边城晚报》2019 年 3 月 1 日）

春来金堤河

_李红旗

撕裂隆冬的缠绕，春——悄然来到了金堤河畔。

一丝风，一滴雨，一束光，吹醒了柳梢，融化了河流，送来了花香。

岸边的垂柳摇曳着浅绿色枝条，深情吸吮着久违的温风，惬意中随笔描绘出初春的水墨意境，争夺着游人的目光。

孟春乍寒，如丝细雨扑打脸额，柔情绵长，心情荡漾。不觉春来早，只恨冬梦长。听雨声，看烟云，悉数冬的故事，更感妩媚、诗意在春的天堂。

两岸麦苗青青，陪伴金堤河蜿蜒东去，把春的景致慢慢拉长。古朴的河流散逸着春的气息，让千年的传说风情万种，把新时代的梦想化为绝唱。

春光旖旎，春色如潮，春意尽染，装饰得金堤河烂漫异常。一点红，一点蓝，一点黄，撒满岸边，随风吹来淡淡清香。扬鞭耕牛已成往事，机器轰鸣伴随鸟鸣交融在踏青的画卷中，静谧中心情骚动，恬淡中心扉徜徉。

放眼小桥流水，任凭煦风吹拂，尽享温情飘荡。让涌动、起伏萦绕在遐想空间，让时光悄悄溜走，放纵抚摸春的肌肤，尽情品尝春的盛宴，渴望桃花雪、杏花雨的绽放。

（选自《大河诗歌》2019 年夏卷）

磁湖

_向天笑

一

你步履轻快，在磁湖边的栈道上走着。磁湖，离你很近，一直默默地陪伴你，如果你低下头，一定会有一湖的月光弥漫在你的周身，让你经年之后，站在八面来风之中。

谁说不能人定胜天？一场人工降雨，磁湖变得更加晶莹剔透，像你的眼睛一样，容不得半点污垢和瑕疵，享受着习习凉风的吹拂，再不现半点汗珠。

我像一滴雨，降落在你的怀抱里，像尘埃挨着尘埃、雨滴挨着雨滴，静静地，再不现半点风浪。

就是八面来风，也风平浪静。

二

你的呼吸不再轻盈。

荷花，离你很近；月亮，也离你很近，在八面来风的磁湖，不堪回首的往事，也八面来临。

你在等那轻轻的一吻，穿越湖堤、情人路、人工栈道，我们穿越不了几十年的光景，返回从前。

那些或明或暗的日子，像或明或暗的月光，一直照耀着我们前行，哪怕是后退……

（选自《福建乡土》2019 年第 2 期）

稻香

_李振君

以发黄的稻香为底色，在一方宣纸上，绘我的晋陶梦乡。

轮廓，借一群山的形状；几撇淡墨，线条作曲水流觞；一叶扁舟，顺流而下，视野疏旷。

三两茅庐，用鸟鸣作连廊，点缀茂林修竹，一方荷塘。

此处色调暖绿，适宜隐居，适宜吟哦，适宜寄情怀乡。

借大片的留白，作云天；用婉约派的风格，来豪放。

秋风起，江天辽阔，山水怡然自得。枫叶，在远处点了几点，顿觉万紫千红，风清气爽。

我多想陪你，朝夕相伴，流连山水，从此与江湖相忘。

（选自《大河诗歌》2019 年夏卷）

网，虚实偶合的力与量

_张新平

蜘蛛网。捕鱼的网。摸不着的网。在华夏，演绎织就万千年。

网，形影飘忽，蜕变无处不在。网中物。网中之人。网中的灵魂。不断颠覆的角色，活跃在火山口，身不由己，无法脱身。

生死的哲学，在网眼中。晨曦的云梦泽畔，张开的片片网，希望熠熠闪光。一网打尽，网里沉甸甸。网开一面，轻水感动远行。黄雀落网，实虚细密中。漏网之鱼，生动虚实里。出路，时隐时现。

精彩的生活，在天网里。一个中原、山水、乡野、村镇乃至人群，布局在天然之网，自然的规律无处不在，异常活跃。人世，更离不开人情网、关系网的得失，浮想联翩。

网。疏而不失，角色亦有意义。

（选自《塞上散文诗》2019 年第 1 期）

雕塑

_ 王俊辉

目光贯穿了城郭，孤单凝视着魂魄。轻唤一处敏感的相约。
所有的青春困扰背影，所有的呐喊失去声音，所有的拥抱停滞不前。
我以为生命里再不能加载厚重的影像。
生命以爱的名义，无奈沉默的悲悯。
点燃生命。看到你童真的梦。
毫无意义，我喜欢。
我们一起寻找刻骨铭心的思念，该如何通过刻刀体现。
你有那相。我替我自己无须证明自己。
所谓爱情坚守，就是茫茫人海中沧桑的雕塑。
时光瘦削一动不动，目光斑驳。

（选自《大河诗歌》2019 年夏卷）

守

_陈茂慧

一颗心与另一颗心的距离，可以光年计，亦可以寸论短长。

一块花布上，两只蝴蝶的位置是固定的。

一条河流中，两尾鱼的距离是无法固定的，连呼吸的节奏都是无法测算的。

分针与时针，左手与右手，上古的诗歌与今天的流行歌词，谁以谁为参照？谁为谁守望？

狮子顺从了时间的威严，只埋首低吼。山动地摇，谁的心诚惶诚恐？

一列火车奔向你，也是奔向远方。

一个站台站在原地守望。远游的人终究会有归期。

书翻到某一个朝代，那儿正有杀伐之声，呜咽之声，悲欢离合之影；那儿有断代史，模糊，靠想象完成演绎。

大队人马沿着历史的路径迤逦而来。

有浪漫主义的诗情，亦屈服于现实主义的尖锐。他们挤挤挨挨，奋力向前。

不过就是寻找一个虚无的守望和等待。

大多数人在进攻。他们要踏平人间不明亮的日子。他们的攻，就是你拼力的守。

（选自《散文诗》2019 年第 6 期）

南长城

_陈颉

这苗疆边墙的细雨，是否与明朝时一样，淅淅沥沥，缠绵清晰。一座座炮台，一个个哨卡，烟雨中，是否掀起了从南方边疆到古城北平战时的旗语。数以千计的石阶，刀光剑影的帷幕，薄如白纸。每一处断垣悲殇，早在喧嚣与沉积中惶然。南长城，挟风雨裹岁月，历史烟云早已散去，尘埃，已在细雨中落定。

（选自《新时代散文诗》2019 年创刊号）

弘济桥

_张利娟

清风徐来，拂动岸边柳，丝丝绦绦，摇曳依依。

小河清波，潺潺流淌，淳流斑驳，碧水风荷，雁戏鸟鸣，一切景色如水洗般清新淡雅。

始建于隋代的弘济桥，东西横跨滏阳河上屹立千年，桥栏两侧精雕龙首、腾龙、舞凤、飞马，桥面斑驳古朴，更有一块藏有三叶虫化石的石板，见证了石拱桥的古老与沧桑。

桥下碧波荡漾，倒影牵柔，水是有灵性的，且润百色，亦如江南水墨手笔，呢喃声中，一种古老的牵念，淡淡地婉约在时光中，如琵琶，似古琴，婉转悠扬地拨弄着历史的音弦。不浓不烈，却足以醉了游人。

慢慢地行走在桥上，足踏古老青石，指尖轻轻划过每一块石栏，把自己穿越到古代。一袭布衣长裙，长长的青丝半绾半散，不施粉黛，不饰金银玉钗，轻摇绢扇，倚阑凝望，清清婉婉地把自己站成一幅画面。

打开，一柳，一桥，一女子；合上，便是装裱的画卷。

（选自《中原散文诗》2019 年第 1 期）

时光片羽（节选）

_李虹桦

七

拂过秋天的门槛，渐长的裙裾，把咸味裹紧。
果实，由青变黄，走向成熟。
四面散开的根系呢？越发抓牢松动的泥土。
尘嚣，如微凉之水，在五味杂陈中，褪尽铅华。
褪尽穷途与末路，灯火，梦。
一群欲归的大雁，这样悉数。月光浸没了窗台，折了又折。
龌龊的词汇坠入街角，被渊收留，如深深的宫阙里，肃穆夜的悲慈。

肃穆行走夜路的人。

十

夜莺，高低错落的鸣啼撕破夜幕。游荡的幽灵，猜测着夜的暗示。

静谧。我接近陌生与神秘的武器。

路上乱七八糟的岩石，窥视我孤独的行走。

闻风而动的草木，识时务，贴近向日葵的影子。一股向日葵的体香飘来，拂向我日夜漂泊的路。

（选自《茂名文苑》2019 年第 1 期）

无名山

_唐鸿南

村庄前面，再往前一点，就是山了。

小的时候，我就踏上这些低矮的山，踩着我的脚丫，去看大海的。

这些汉语无法喊出名字的无名山，是我牛背上的童话，故乡的神。

而今啊，这些无名的高度，已被卡车慢慢装卸，悄悄地运走了它的意义。

（选自《星星·散文诗》2019 年第 2 期）

石榴是乐天派　一到秋天就笑得合不拢嘴

_潘志远

种果树，侄女是行家。

她能看透果树的心思：施肥、浇水、剪枝……正当时，仿佛一切都找准了节奏，把握住了火候。

施肥像表演，浇水像跳舞，剪枝像玩高空杂技。

絮絮叨叨，与果树聊天；哼一曲两曲小调，慰劳果树，给果树送上精神大餐。

枣树缀满珍珠玛瑙。摘，太慢，索性举起竹竿。枣不怕打，挨了闷棍，也不生气，在地上打几个滚；只要你肯为它俯身，它就会乖乖地跟你上路。

苹果似大姑娘一样害羞，总是红着脸。若想获得它的爱情，你必须主动向它伸手。

是的，柿子青涩，你就耐心等一等。等它的灯笼照亮乡村时，甜甜的梦，便可以唾手而得。

在乡下，石榴是乐天派，一到秋天就笑得合不拢嘴：这一点，很像我家的侄女。

到底是谁得了谁的真传，我至今也没能揣摩明白。

（选自《散文诗世界》2019 年第 11 期）

剑门关册页（选段）

_霜扣儿

我一写下剑门关，就听到了长天过大云之声。

——题记

一

连云叠嶂，乱石嵯峨。
凸起的说辞是剑门关的第一层表情。
一夫当关，万夫莫开，是剑门关永世的铠甲。

谁能置身更高更亮的檐角，摇响史册的风铃？

忽忽然逝水，涌现万千感慨。
遍身传说的宝地，在峥嵘的词汇后，温柔又沉静地，被谁等了千年。

一问苍茫，再问弥漫，三问春花纷纷，蝶舞翩跹。
许我语气如裂帛吧，迎接剑门关的过往，破空而来，现而不骄，秘而又显。

云层罩下一排劲风，形同潜渊。
而呼啸如锥，光芒铄金，星辉交映处，蜀道的铜质旧身已然苏醒。

如何表达？尊崇的意念已涨如春潮。

回声带来远古的洪水，在世外的追索中沸腾，复在世内的暖阳下，安然如未生。

豪情承载旧时的蜀地马蹄，带我奔回剑门关。

手捧2019年的百万春花，凛冽凝视，打开一粒沙石的蕊心——时空隧道里的晚钟，以轮回之遇敲响自古而来的，剑门关的荣光与料峭。

桑田沧海，况味豪迈，刚劲。

每一丝涌动都牵引出一条蜀道的祖上河流。

滋味越发浩瀚。

我浅薄的笔拓不下汤汤版图，抵达不了遥远又切近的，古老的浓烈与清欢。

怎么描摹，都只是一条蜀地的支流；怎么环抱，都不能将它生长过的尘世收拢。

我的赤诚与剑门关的底蕴如何相提并论？

不过是，一粒鸟鸣，相较于一片洪荒。

不过是，一条单细的纹理，相较于一座老石古城。

二

剑门关。

我念一声，古道字义在关楼上翻身立起，镶嵌我，如无字之经多了一滴新意——在关隘之下，大壑之上，每一分蜀地风华都是朝阳的故乡。

复融合成我拈于指尖的，奉献给剑门关的石性烈焰。

微风借势，在剑楼上旖旎。

它可是要抵达行吟者的肺腑，替长空高歌？

唱一唱，在古道上留下千古不灭眼神的，拓拔者的勇气与力量。

万马齐喑，唯有我的文章伴日出舞剑，唯有我的息念与它死生相连。

谁在息念中，供给我大地胸怀，以盖世华灯问候当年沧海——

那只从史册中飞向霞光的蝴蝶啊，路过关楼时，可替我尝过了几分百折不回的萧索与几分马踏征程的壮怀激烈？

问题如浮冰入水，如真空撞上虚空。

分隔线是锁住眉头的比孤独还要孤独的亘古。

而生机如斯——大片草莽悄然起身，久远地留给英雄的颂语，骤然回还。

另一侧，人身仍在不远处搭建天梯，整体写下“难于上青天”的大词。

起点与终点都是前赴后继，蜀人经历了多少代地崩山摧，天地为之矮下过多少座峰峦。

五丁开山，石火倏然，亮成绝美的烟花，永恒，不散。

透骨的炽热是剑门关款待我的一腔热血。

一身浮尘被关楼射来的光芒收尽。

我一写下剑门关，就听到了长天过大云的声音。

（选自《星星·诗歌原创》2019年第7期）

往返旅途的人

_三色堇

往返途中的人无法阻止这场精神的大雪，它毫无停止的意思，它颠覆着灵魂的祭坛，弥漫着我的千里江山。它用挽歌的力量击打人声鼎沸的尘世。

我期待天空有雨降落，冲刷黑夜里的尘土，误解与坦途。让一场又一场的雨在山岚、峰顶、土坡、旷野发出巨大的声响。我站在窗前静静地听着，听着他轰轰烈烈地奔跑，将暗夜里的我拍击得粉碎！一只炉火，一抹残阳，一场云涌的痛楚，一块生活的背景，填满旅途中疲惫的身体。无论世界归于何处，没有偶然与必然，只有不断地仰望那束遥远的光——这精神世界的最深根源。

（选自《散文诗》2019 年第 7 期）

情系鹤之洲

_亚国明

这是一片天然的绿洲。勃勃生机的绿洲，这绿洲让一条玉带似的河水萦绕着，成为不折不扣的湿地绿洲。

鹤之洲湿地公园，增江画廊最美的景观。

与彼岸明代所建的雁塔隔河相望，与此岸高耸的凤塔相距不远，中间隔着一座跨越河流的雁塔桥。

雁塔桥终日车辆川流不息，而桥下便是广州市青少年皮划艇训练基地。常日里，一众少男少女健儿，天天挥洒汗水，划动着红、蓝、黄、白不同颜色的赛艇，在河水里出没，在风浪中穿梭，活力了满满一河的水，青春了整整一条河。

这里自古就是鹤群翔聚栖息的地方。那成千上万的白鹤时而在浅水中觅食，时而腾空飞舞，时而击水捕食，时而树上嬉戏、啼鸣，于一派壮观景象之中呈现着祥和。

附近的村庄也因此而得“鹤洲村”之名。

这片湿地绿洲，荔枝林郁郁葱葱，亭台水榭相接，曲径幽道相通，栈道拱桥相连，在蓝天白云下，与滔滔的增江河相映成景。

一年四季，鹤之洲转换着不同的角色与画面。

绿草如茵的堤岸边，一泓光影斑驳的浅水中，一片枯而不倒的荔枝树，以其粗大的躯干和苍劲的枝丫，展示着生命不死的奇迹，展示着天地间超然的艺术造型，之奇之美之悲壮，令人为之动容，为之击掌叫绝，为之忘返流连。

而夜间，月朗风清之时，鹤之洲却是如梦如幻。蛙声虫鸣中，夜游鹤三两串划破宁静的粗糙叫喊，为星垂绿洲静、月涌增江流的画面，增添了神秘而生机无限的画外音……

想象一下吧，那是大自然营造出的怎样原始的氛围与让人思绪无垠、风月无边的意境。尤其是那一片枯死在河水中的干高枝粗的荔枝树，那直指苍穹的坚枝，那倒映在河水中的倩影，那死而不枯，枯而不倒的倔强形象，震撼心灵，让人感触良多，过目难忘。

（选自《广东摄影》2019 年）

恒河的石头

_冷先桥

块块光滑圆溜的石头，躺在恒河岸边，沐浴数亿年阳光，反照人世间灵魂的丑恶。

正义与真理从不缺席，缺席的只是时间。高贵的灵魂，石头一般：坚硬、恒久，历经时光打磨，闪烁光，闪烁温润；而丑恶，总是草坪狗粪般，与美好环境格格不入，令人掩鼻、恶心。

在恒河岸边，触摸灵魂的动能，让头颅适当昂起，让血液静静沸腾，让尘世滚落的尘埃随风而去。

多想，沿恒河两岸行走，为众生解救苦救难。众生的疾苦，令人痛彻心扉。

平凡的人生，默默地度过。正如人生百年，终有一死。心是旷野的鸟，在孤独里找到慈爱的天空。甚至感觉到一切星辰，都在心中闪闪发光，世界如同洪流涌进了生命。

一个打远东来的文学爱好者，踩着恒河边的石头，瞬间火花闪现。我一直有个梦想，去印度与泰戈尔倾谈片刻，多少年一直是一个美好梦想，我想让我的忧思在加尔各答的恒河边平静下去。

晚风微吹，白昼更渐渐跌入黑夜之中。那已经收割了的孤寂的田地，默默地躺在那里。

在恒河边深切感知，生命如横越的大海，此生此世。

（选自《散文诗人报》2019 年总 52 期）

山水有声，花开履痕

_蔡华建

泰康山，能听得清许多的声音。

那能听得清的声音，就是一片安静，无论是山水有声，还是花开履痕。

我听得见，山有声。

我闻香而来，听你漫山遍野的松林与大海一样，涌来连绵的涛声，那绿浪上的飞鸟，振着羽翼，缠绕着微风，迎着雨酥和露润，欢快地鸣叫着，去探听森林的秘密。

那些散落在泥土深处、隐匿在岩石缝隙间的声音碎片，总是明晰地震动着耳膜。石阶上，是否还响动着瑶家儿女的脚步声，吱呀的开门声，瑶寨的头人回来了，议事厅里的嗓音，仍在树梢上回响，武将的喏声、储粮房的舂米声、牛马的嘶鸣声、鸡鸣狗吠声，都如一缕缕炊烟，静静地升上天空。还有伴随着青布包头、无领对襟、斜挎坎肩舞动的嘹亮情歌，都如花开的声音，嵌入泛着白光的牛头，长成了青苔。

山的声音，在每个游人的脚步里，在每一座山峰上，在每一片山间的阳光里，在每一段历史的山窝里，融进你的足音，传入心里，重重地回响。

我听得见，水有声。

泰康山的水是有声音的，一涓细流，环绕曲折，叮咚作响，协奏成了一颗蓝宝石，遗落在青山中。这可是祭祀天神的一杯醇酒，满腔的敬意积蓄了，迸发出来，顺势而出。一泓碧水透着神秘的幽光，折射出大地的声音。

桨声欸乃，是我踩着脚踏船在水上行走的脚步声，艰难的攀登，让步履平和，伴随着随遇而安的路途。

每一滴水珠，是溅起的宝石在湖面上跳跃，每一圈涟漪，是诗情轻柔地振动着的羽翼。

热情的日光噼里啪啦地响着，我看闲云，掬捧清风，笑而不语，一路淡淡的青天和人间。

一转念，便闻水声！

我听得见，花有声。

满山的山稔树，花正开得喧闹，紫色的、粉色的、白色的，争吵着斗艳，纤纤丝丝，绚丽多彩，野得像个可爱山村姑娘，扑鼻的芬芳是她爽朗不拘的笑声。

它也有矜持的细语，带着些许喜悦，在空旷的田野里轻轻地回荡，如天籁般悦彻双耳，把蕾的心事，抛于林木中，把风雨烦恼，尽付天地间。

“六月六，山稔熟，七月七，熟到甩。”歌声飘摇，一阕韵律，是花之声的最美结局。

我听得见，人有声。

一千多年前，有一位岭南的巾帼英雄远道而来，就在这览月亭前那棵灵验的许愿树下，诚心地祈求国泰民安，是否听到了她轻声的祷告。

（选自《佛山日报》2019 年 7 月 23 日）

父亲

_羊子

每一段话开头的第一句。每一个姓氏掀开的第一张旗帜。父亲。遥远在岁月耸峙的山河之上。

把家的庭园摆放在时代的漩涡中，让外面的月光一时分辨不出危机重重，还是在盘桓，在抗拒，或是幻影记忆。

那时的父亲是唯一的父亲。

那时的父亲是永恒的父亲。

以母亲为舟、为船，以庇护他的家人为前提，父亲为舵、为篙，将我们小小的家摆渡到漩涡的水流边沿。

那时的父亲是真正的父亲。

那时的父亲是可爱的父亲。

金灿灿的粮食从即将入户的家里，流向村庄羸弱的中心，流向合作社仓皇的仓库。父亲。父亲。父亲的声音被许多锋利的声音压埋在黑夜的深处。我的父亲是流水照亮的那个无助，连着穿云破雾迎接朝阳的胆识和行动。

（选自《华西都市报》2019 年 3 月 31 日）

赤水河畔的红高粱

_陈劲松

世世代代，在赤水河畔扎根生长。

像那些从未走出黔地的先民。

在沉默中，它们饮下云贵高原金色的阳光。和别处的高粱有着相似的秉性，只是更沉默，更卑微。

穿过一场场风雨，就经过了一场场风雨的蒸煮，接受了阳光的俯照，就被加入了阳光金色的酒曲，被节气窖藏，在时光中，蓄一腔豪气。

九月，高粱红了，那粗糙的手掌，终于打开了他们窖藏的，干净的粮食的芳香。

在赤水河畔行走，谁能从一棵棵的红高粱中，指认出自己。

（选自《星星·散文诗》2019 年第 3 期）

天　使

_王崇党

云朵在天上飞，鸟儿在树上飞，我将翅膀收拢至体内，在蒲团上飞。

这个城市，几乎没人知道我是天使。太长时间不飞了，有那么一阵子，我连自己都被蒙蔽了，忘了自己曾是会飞的天使。

当初飞的时候，体会到用翅膀飞行，其实是一种局限，永远也飞不到要达到的境地。我收拢翅膀，是要寻找另外一种更好的飞翔。我将思想，打造成无限延展的翅膀，让它带我飞，飞到任何一个想要抵达的领域。

其实，所有的人都是天使，只是很多人收拢翅膀后，选择借助汽车、火车或飞机飞；有的选择像蠕虫一样慢慢挪行；有的甚至选择了放弃飞行……

那么多人都忘记了自己是天使，在喧嚣的社会里，挣扎前行。

我不想告诉他们这个秘密，告诉了，他们也不会相信。

我亲近自然，与草木结亲，与鸟儿攀谈，与溪水携行，他们知道我的秘密，愿与我结伴去飞。

（选自《星星》诗刊，2019 年 11 月增刊）

雨中的街巷

_虞锦贵

一座城，一条街。

左边，画有酒馆的门牌号；右边，望着橱窗内的面包。

天空，变幻莫测，有太多的心事被隐藏。一杯现磨的咖啡，味道已不再重要，重要的是那份悠然。

细雨飘摇，行色匆匆的脚步，也许模糊，沙沙作响。

街头与街尾，犹如人生的两极。

眼前，雨掩埋了楼群。

有多少人打着伞沉默走过？又有多少人愿意淋着雨前行？

风发抖，黑色的影子，闪动这个城市封闭的神经。

与世无争的模样，把过往的本色，一点一滴淘尽。

时间不动声色，许多人和事，穿透了岁月流年。

在一个适合读诗的雨夜，泛黄的书页已经打开。

远离，带着幽香。昏暗的灯光，渐渐拉长了岁月。有许多诗句，潜伏着。在等待谁上钩，甜美的声音，穿透雨中的稠密。

（选自《散文诗世界》2019 年）

辑四　网风的馨香

傍晚

_李少君

傍晚，吃饭了。

我出去喊仍在林子里散步的老父亲。

夜色正一点一点地渗透，黑暗如墨汁在宣纸上漫延。我每喊一声，夜色就被推开推远一点点。喊声一停，夜色又聚集围拢了过来。

我喊父亲的声音，在林子里久久回响。又在风中如波纹般荡漾开来。

父亲的应答声，
使夜色明亮了一下。

应该对春天有所表示。

倾听过春雷运动的人，都会记忆顽固，深信春天已经自天外抵达。我暗下决心，不再沉迷于暖气催眠的昏睡里，应该勒马悬崖，对春天有所表示了。

即使一切都还在争夺之中，冬寒仍不甘退却，
即使还需要一轮皓月，才能拨开沉沉夜雾。

应该向大地发射一只只燕子的令箭，
应该向天空吹奏起高亢嘹亮的笛音。

这样，才会突破封锁，浮现明媚的春光，让一缕一缕的云彩，铺展到整个世界。

（选自“一见之地”微信公众平台 2019 年 8 月 12 日）

早安，清晨

_爱斐儿

一

你是否曾在清晨醒来，静静地望望窗外，舒展腰身，或者被越来越亮的晨吸引，走进自然，去看看散淡的波光坐在水面，去看看在宿醉中苏醒的草木和透明的露水。像一个跋涉了很久重又归来的人，尽可能近地和它们待在一起，倾听露水破碎，目送云雀飞越林梢，悄悄绕过穿越枝叶间的微风，听这一切不可复制的声音，沾满水草的清气在空中飘浮。

你看，尘世多么安宁！

阳光透过树叶洒在草尖和地面，太阳正在越过草地，越过远山；一条河流流过春天或晚秋，地面的花朵一朵挨着另一朵，山上的羊群离白云越来越近，而你正身处这一切可爱之物之间。

世界如此庞大，却由最微小的生命托起：在一只蚂蚁的眼里，一片青草就是它的森林；在一只蝴蝶飞舞的弧线里，一片花丛就是它的祖国；在一只蜜蜂心里，每一朵花都是一颗甜蜜的心。

如果你就这样带着友爱、珍惜的感觉走进清晨，望着它们自在地生长或者变迁，你一定会不由自主地对相遇的一切事物说：你好，早安。

二

每天清晨，我都像从一次小死之后获得了新生，以一双初生婴儿的眼，看大地放出草木与花朵，看成群的蝴蝶从远方向花丛赶来。

这是时间给我的恩宠，让我不忍荒废——这绿草和晨光带来的欣悦，看起来就像新写出来的诗句，记录着万物在阳光中茁壮成长的样子，或者在风中摇摆的样子，当然，记录流逝也是一种美。

每天我都会携一颗新生之心，安静地走过一座旧城，也走过一条新河，不在意一袭新衫被露水打湿，不在意风雨来时，一只鸟雀在我头顶来回地飞。

我知道一直走下去，一定会不断遇到新的风景，有时候是竹林冒出了新笋，有时候是海棠迁来了花海，有时候刚刚送走了玉簪花香，就迎面相遇了珍珠梅。它们错开时间，以好花对应月圆，以流逝对应永恒。

（选自“王的花园”微信公众平台 2019 年 11 月 28 日）

老街听泉（选章）

_黄恩鹏

我听见那些泉水，一路背负玛瑙、翡翠和小钻石，踏着青石，急迫还乡。

但我仍要探知，这诸多仁慈者的因果命理所无法遮蔽的光芒，是如何永恒地存留民间?

汉之城、晋之邦、宋之府、清之埠，全部的祈祷和愿景空出的精神位置，其实早已由民间红红火火的炉灶替代、承担。

取一瓢泉，煮一壶香茗，以自醒为救赎。

泉是劝世书，水是警世言。

清，才是社稷乾坤。

而所谓世界，就是一座老街；所谓天下，就是一座老宅院。

所谓民生，就是漾动着的大大小小的池井、湖塘——那些清清的、亮亮的、湿湿的、满满的一片又一片洁净安详的月光……

（选自“我们”散文诗微信公众平台2019年11月15日）

春花落

_秀实（香港）

庭户如我，落花无数。

在一场大雨后走进庭户中。那些石卵路如一条浅溪伴我涉水而行。园内尽是水声，或不歇的潺潺，或偶尔的点滴，或哗啦的急湍。缓步蹑足，如条分缕析。我想这如一篇散文的脉络。而此时我需要的是诗的象征，它会潜进我的核心，并让我的哀荣同时呈现。

眼前落花遍地，不能尽数。假设这也是一种诗意，而我并不明白季节丕变背后的动机。但肯定的，那是一种诗之象征。我对身旁的人说，如果你看不到那是象征，那你只能编写那些春去秋来的符号。花凋零，花逐水而流，均是色相。

因为季节在你的空间内变改了。脑勺春汛浮荡，肺叶满溢春色，肢体如春藤攀爬。风雨过后，总是花落满园。但你感到寒暑交替，你自杂乱的文字丛中寻找到诗，你相信山后有光！

落花之间你并相信爱情。

（选自“秀实”微信公众平台 2019 年 4 月 13 日）

走向香雪（外三章）

_柳成荫

挽一路春日明媚，走向了香雪。

以雪的质地与色彩，用香的味道与精神，筑成令人怦然心动的乌托邦。

满目冰姿，暗香浮动。横斜疏影，仙风飘逸。

每一步，每一处，仿佛唐诗蝶飞，宋词云动。黛山相映梅尤洁，流溪作伴径更幽。

香雪，应似一个人的名字，伫立于幽谷，或在水一方。

期待芬芳谁的归程。

梅与石

等一场梅开，修万年而成石。

一身苍苔，痴痴无言。

只有四季的风，只有南来北往的鸟儿，只有大地，谙熟他的心跳与执着。

无数轮回之后，一树梅花终于凌寒绽放。

婴孩般的洁白，冰雪般的剔透，隐逸般的幽香。

天地很清净，一切，正如初衷。

相遇

轻轻，掬起一瓣光阴。

那吟哦于花蕊之上的精灵，来自冬的居所，来自霜与尘的荆途，也来自我的心。

一双掌，一片梅花。一颗心，一缕花魂，相遇于春天。

虬枝苍劲，花开如雪。是对知己的回报，也是自我的叙说。

梅的故事，在一片馨香之外。

撷

你以镜头，撷一段清香。洁素，晶莹。

我以明眸，采一片诗情。温馥、明艳。

香雪谷，春天与童话的诞生地。

请记得，念一声幸福咒语，你可以撷取：

一树花香，三世情缘。

（选自“散文诗周刊”微信公众平台2018年8月18日）

人群中（外一章）

_郑小琼

在拥挤的人群中失踪。复眼潜生。

窥视。期待。

被孵化的乾坤。活在人群中。

我与人海相遇在人海之中。我们相见。相依。相聚。

各自潜游在自己的命运。蓬乱斑驳的命运。

命运的落日。

无法预测它的凶猛，在青山之外，展开起伏的画卷，在起起落落的岁月中。

活在人海中认识世间与人类。在枯枝瘦水与冷雨秋风中，传统的脐带沿着故国破碎的山河一同潜伏在我血液间，凝聚着清冷的汉字与韵律，横折竖撇捺原本饱蘸着人世的酸甜苦辣，等待一场春风唤醒。

岁月逐渐唤醒我内心的记忆。

贫民们在清瘦中忍受命运的清苦，明月因目睹千家万户的忧伤而如此的清凉，有鸟在血液间飞动，凄清的记忆原本是百姓们的骨骸，有人摊开长长的历史画卷，这字原本是一根根长短不一的骨头组成，还有百姓们的哭泣站在历史的繁华处，转折处，拐角处……他们，人海。

在拥挤的躁动中，我活在人海之中，又将隐匿于人海中，寒霜染白世间，辛酸而空寂的山河间，能承受多少百姓心中的往事与怨恨，在人海中，感受幽灵般的宿命正在轮回之中。

给友人

雨水溅起莫名的耻辱与忧伤，被雨淋湿的草叶，在苦难中颤抖的群山，它们的哭泣像雨水落在心间，它们落着，在黑暗的世纪里，它们用泪在黑暗的深处保持着时代的尊严与晶莹。在雨中，我们那些被淋湿的青春，孤寂。

那些没有逝去的！

迷乱的爱！

雨水打湿了不知名的村落，打湿了花朵，旅客，打湿在雨中。

黝黑的理想，打湿了明亮的星空——发黄的纸上停留着往昔的激情，如今剩下发黄的忧伤泛出时代之雨的黄渍。

雨水打湿了我的怯懦（雨水中的童年，贫困而潦倒的乡间河流，闪烁着的浮冰，桐油木桶敲打着集权的冰块——平静的寒冷，在挂着冰冻的树梢间，有屈辱的，迷乱的青春）。

雨水落下此刻窗外的河流，它有着莫名的忧伤！

雨水落在浩大的寂静之间，雨水落在崩溃的楼群间！

雨水在夜中踉跄着，你侧身闪进集权的黑暗，剩下隐蔽处的妻子的哭泣，她苍白的面孔没有哀伤！

那些莫名的耻辱与痛苦像暴雨涌向我的喉间，在雨中，我无法辨认我散乱、忧郁的一生。雨何时落下来了在雨中奔跑的童年。黑暗的光亮。这颗颗为时代保持的晶莹剔透的心落在大地！

（选自“郑小琼”新浪博客2019年10月）

亲亲的宝贝（组章）

——写给小孙女温忻畅

_ 箫风

报到

“哇……哇……”

你是以一声响亮的啼哭，向这个崭新的世界报到的。这是你第一次向世界发出的宣告：“我来了！”

而我见到你时，你已安静地躺在妈妈的怀里，被护士阿姨推出了产房。在门外焦急等待着的爸爸、奶奶和刚当上爷爷的我，这才放下一颗空悬着的心。

亲亲的宝贝，因为你的到来，我们都完成了一次身份的转变与级别的晋升。因为你的到来，阳光如此明媚，世界如此美好。

我们小心翼翼地用双手捧抱着你，就像捧着一颗晶莹剔透的晨露，就像捧着一轮冉冉升起的旭日，无尽的喜悦洋溢在我们脸上，也荡漾在我们心里。

亲亲的宝贝，在你清纯如水的目光里，整个世界都向你敞开了温暖的怀抱："宝贝，欢迎你！"

起　名

尽管爷爷知道，名字不过是一个人的身份符号，但爷爷仍然在为你起名上绞尽了脑汁。

其实，早在你出生之前就开启了这项宏大的工程：查字典，翻《辞海》，网上搜览"起名大全"，线下请教国学大师，忙得不亦乐乎。

因为爷爷是一位诗人，总想为你起一个富有诗意又蕴含期冀的名字。亲亲的宝贝，你的名字，本该是一首天真无邪的诗呀！

温忻畅，这个既符生辰八字，又合五格数理的名字，同时也寄托了我们全家人的期盼：

畅畅宝贝，希望你一生欢欢畅畅，快快乐乐！

即便人生旅途上遭遇风雨和坎坷，也要面带微笑，从容应对。——这是爷爷必须告诉你的！

（选自"中国散文诗研究中心"微信公众平台 2019 年 12 月）

秋天的神性（外一章）

_李需

果实挤出秋天的天空。远远看去，像一位画家不经意间画在画布上的一个或几个红苹果。河流从远方来，又向远方去。所有的水珠都藏着神性，结满星光的秘密，穿起月光的纱裙被谁用梦一一典藏。秋天，这充满神谕的结局。让我想起的那人，仍然从秋天，小心翼翼穿过。他从来都不把天地无限地放大。好像，这个世界一直只是巴掌大的那处地方。让我总是怀有一种一衣带水般的思念，万物皆有灵魂。秋天，更是一个充满神性的季节。常常，我都怀抱着那些抬起头的水珠，久久地把一条大河凝望。有时，也会随手撕下一片湛蓝的天空——与秋天一起，让一种更大的包容，深陷其中。

一条河流的走向

一条河流的走向，到底要走向哪里？就像一个人要蒙恩多少风雨才会遇见——今生要托付的亲人一条河流的走向，到底要走向哪里？就像一滴水无论要经过多少次摔打才会小心翼翼地遇见——那最初照耀它的星光一条河流的走向，到底要走向哪里？让我们一再一再地获得庇护、恩赐，然后，我们总是用远方或更远任性的等待一条河流的走向，到底要走向哪里？我只是一滴走向遥远的大海的水滴我怀抱着故乡的风声，

还有，今生今世最美的遇见。

（选自“河南省散文诗学会”微信公众平台2019年12月11日）

湄南

_钟子美（香港）

湄南，我生命中的一条河，一片热土。

你是我最坏的时刻，也是我最好的时刻。是低谷，也是顶峰。是榴莲雨的流落，也是风兰色的飞扬。是长歌当哭，也是慢板行吟。是一杯咖啡家万里，也是千丛杜鹃诗数行。是孤灯残夜，也是文学聚首的雄谈。

是一生多彩的印记。玫瑰园塔真河的水浮莲一江无尽，落日熔金，熔进我骨髓的深处。

湄南，你给予我美丽的折磨和期望，我因此刻骨铭心至今。

湄南，你的怀抱，又如此的多情，还等待着我的再度投入吗？

（选自“广东散文诗学会”微信平台 2019 年 12 月 18 日）

走过春天（选章）

_王志清

一

走过春天。

我在初春的凛冽里上路。

我走过的那个春天，表情有点木讷，连花开都那么拘谨。而那些叫不出名来的鸟们，生涩而单调的歌唱，让人感到分外的寂寞。

我还是坚信，我没有错过季节。虽然，那个季节没有诗，到处是标语口号。那个季节也没有人懂诗，说是诗在远方。

诗怎么可能只在远方呢？我也只好这样认为。

即便是诗在远方，我还是想成为诗，像诗一样的高贵与飘逸。

于是，我渴望远方，我奋力地走向远方，尽管远方很朦胧。

远方就是那个什么都能够变成诗的唐朝吗？

远方是夏天还是秋天，抑或是冬天？

远方，肯定是那个想要到达而难以到达的地方。

呵，生成诗的节候很遥远。

二

走过春天。

远道而来的春天，也许是挨着冬天太近的缘故，让我也真切感受到不寒而栗的凛冽。

乍暖还寒，好难将息。

真不知道我是怎么走过来的？穿着奶奶特制的桐油布鞋去走冰雪，去走泥泞，去走坎坷，去走春草尚未离离的原上，走成春天的一种特有的姿势。

自然，我也曾经邂逅过春风，我甚至没有任何理由拒绝春风的热情。

可是，那风，没有吹皱一池水的浪漫。

那风过后，也没有什么花的缤纷。风过后又是风。风过后却是雨。

我想放飞，哪怕只能成为那风中的飘蓬。

虽然，春天不是我放飞的季节，我还是要放飞，放飞如带口哨的飙子。以至于，如今的梦里，我还常有从高处掉下来的惊悚，从春天的树上掉下来，惊出一身虚汗的惊悚。

然而，我却没有因为春天没能放飞而积怨，而为春天我能这样走过而庆幸。

我还是想起了春天所有的好。我想要记下春天的所有好。

（选自“散文诗周刊”微信公众平台2019年3月17日）

路过（外一章）

_赵宏兴

潮水涌来，沿着疾驶的车轮，从黑暗中涌来，打湿了我的眼睛。

黑暗，摘去了所有的星辰，关闭了白天洞开的门扉，留下一片黑沉沉的土地，让我疲于奔命。

车厢里是安逸的，灯光明亮，清洁宽敞，乘客们肥胖的身子隐匿在高高的红色座椅里。车窗外划过的风声，钻过隧道时的呼啸声，击打着我本已躁动的心。

我知道你就居住在铁路旁边的这个小城。

一个人一个夜晚，独立的颜色，独立的呼吸。

不久，播音员就用汉语和英语，播出了小城的名字。

夜色里，突然出现的一片灯火，不知道哪一盏是你的窗口。

我伸头望向窗外，望到的却是玻璃上我憔悴的面庞。

列车停下，短短的两分钟，又载着我疾驶而去，剩下空荡的站台，无声无息。

今晚，你的夜色已有了我翻动的指纹，我缩回的手指粘着你熟悉的气息。

夜

我睁开的眼睛，首先是要寻找一支笔，把这异地的黑暗描写出来。

是神话的到来，
还是我内心的独白?

灯光就在的头顶，那是我逃离的洞口，外面的天空和自由的呼吸，让我多么的兴奋啊!

仍然是一声虚幻，在向内里的空间崩塌。
仍然是一阵汽车的轰鸣，奔驰在众生之路。

（选自“赵宏兴”新浪博客2019年10月）

雨洗过

_王舒漫

风，急而黑，雨，凶猛地奔跑在弯曲的过道，啪，一勺雨水甩过我发梢，一个没伞的女孩儿惊慌地从我身后闪过。

我来不及还一个叹词，一串模糊的雨声有些节奏在敲击，她在逃避暴雨的袭击，而我却要接受这浪漫的洗礼……

雨，垂直地下，石子和马路发亮，还是用头方便挡雨，我柔弱的肩头挑起两担湿云，皱巴巴的风雨，平仄得有点诗意，这简单凸显的晕染，像是你，水墨一样的精神。

你有一个梅雨的季节，红霞逃遁，落尽过去的黄昏，现在深远。

接雨，躲雨，显然不是判定软弱与强健，而是一种追溯，追溯搅扰人们安全境遇下美的情结。假如撇开季节，啊，别难过，生命在于痛楚中发亮，雨洗过的眼不会崩溃，但可以摧毁一半哀伤，另一半溶进泪水里，等待长出新鲜的生命。

五色的，爱和美，使生活成为可能，没有虚假的出路，雨落下，或变形，斜飘，或忘情地打开，撒在地面，一水光，美得让我真想哭，大哭，我用脸直面，任其挥霍，抛过沉默的云，转过肩，静听着，有言无言，释放无法动摇的肯定，无须吼叫大片的森林。

看雨，看世界，然后去爱。

你是现在，现在是你，清清亮亮。

（选自“王舒漫”微信公众平台 2019 年 6 月 30 日）

圆月

_陈建族

一

窗外，飘来一轮圆月。

我。掏出手机拍下，这月让我想起家乡月，这月让我想起海上的月，这月让我想起他乡月。

二

家乡月。儿时。模糊的记忆，今时思念的乡愁，爸爸月下劳作的身影，妈妈歌谣伴我入梦。

三

海上月。天空。一幕凤凰尾彩霞，圆月海天相衬韵味浓，妻子月光下与女儿捉迷藏。

而我，笑看惊涛随舰远航。

四

他乡月。转眼。离开家乡三十五载，圆月见证我的航程，爸妈千里月下思儿归。妻女，两地分居终团圆。

（选自“中国作家网”2019年12月4日）

长江（选章）

_熊亮

冥　想

一

容我闭上双目，冥想。

容我静静独坐，聆听。

养育我长大的长江哦，今番，请允许一个懵懂游子为您写上虔诚。

容我泪水开始滴下——

引我清泪的是低回的哀乐，那是九十岁祖母驾鹤西去的永诀！

低回，凄清。

冥想，西去路有多么遥远，能远过村前的抚河故道吗？

聆听，铜锣的悲怆，带我追溯母系源头——最为圣洁的光辉初始哦——一如上溯长江的源头。

二

江水，雨水，汗水，混合起来。双眼模糊，青山模糊，还有如许的思绪。

比三伏天还要汹涌的汗水，需要清凌凌的赣江水在暮色里中和。催生五谷收获五谷的黝黑哦，浑如江水的不息不倦！

故国，在水波里巡游，我在波光里施展浪里白条。

于是——忘却了严寒酷暑，我在江水里神游这万里，与祖母一道，无忧，无怖。

三

茅屋的炊烟，江边的落日。准是祖母在灶前燃起了禾草——浓烟哦，莫要熏着她，莫要迷离我的望眼！

我在尘世张望，张望尘世彼岸的祖母，江水空蒙，我只能面对祖母慈祥的遗容。

长江，在嘉陵江上奔腾。船夫的号子在江上，船在水中移动山的影子。从风从云的水中凤凰！

（选自“江西散文诗”微信公众号2019年9月25日）

心如止水

_甲骨文

飞来湖像明镜止水，四季在湖上荡漾。

赏尽繁花似锦争春华，又见碧荷生香诉夏蝉，看过落霞孤鹜叹秋水，又见寒梅傲枝暖霜天。

风来时，芦花在舞，水草在摇，山和鱼鹰在跳。

雨来时，苍云滚滚，涟漪盈盈，城与凡尘在飘。

不似长江之水浩浩汤汤如千军，不似黄河之水咆哮奔腾如万马。

揣一湖山水在心间，净如莲花，静如皓月，境如明镜。

我想把这湖镜挂在心里，如此我便拥有了四季，每天与临湖而栖的草木飞鸟相拥两个晴空。看破四海逐梦的浪涛、千帆、纷纷扰扰，看穿流过时空的指间沙，任岁月如流水叮咚，任往事如沟壑清澈。

我想把这湖镜挂在心里，若为木，必秀于林；若为花，必香满天。哪怕风雨狂倾，老梦衰飒，如水东流！哪怕只适合在残阳影里，持一瓢酒，远慰风雨。或如归鸿，或如归燕，鹤唳明月栏杆！

我想把这湖镜挂在心里，情醉荷叶田田，用月光煮酒。飞来湖已羞得脸色酡红，像极了五月的血鹃。喜欢山水，喜欢湖居，洗尽铅华的你我，最终坐拥两座城池的繁华，尽藏两个天空的静谧；守着竹风穿庭，皓月当空；看着彼岸花开，静水流觞；听着钟声缥缈，恍如隔世。

湖上群山阒静，野舟横渡，谁的心如止水归于无声？

浮世潋滟无穷，波澜不惊，谁的梦似云烟遁于无形？

（选自“广东散文诗学会”微信公众号2019年8月）

南音

_杨永可

南音，闽南民间音乐的沃土孕绽的一朵奇葩。

南音，大音希声。

一张CD碟，让我追慕已久之心，走进了南音古韵缠绵、古风悠邈的境界演绎出的音乐世界。

没有音乐的地方，生命也荒芜。南音，像一张春犁，把闽南人的生命，翔实地耕耘得姹紫嫣红、碧绿金黄。

南音，以处子般的纤纤手指，幽悠委婉，如雨打芭蕉，似饿马摇铃，若二泉映月，曾经拊掌过闽南人心头的伤痛；又激越流畅，如春风袅娜，似梅花三弄，若《诉衷情令》，着意弹拨着闽南人今日的欢悦。

箫弦妙曼，南音声声。这是绿芽给青枝的吻痕，杜鹃给清明的啼血，乡情给游子的温馨，犁锄给稼穑的衷肠，繁花给硕果的祝愿，心灵给生活的爱恋，季节给沧桑的回眸，闽南给邦国的情韵。

声声南音，是闽南人最真挚的心声，是闽南人最鲜丽的眼神，是闽南人最动情的倾诉。每一个音符，都是行走的画意，都是流动的诗情。

典雅南音，生于民间，长于民间，活在民间，以真善美的禀性，从远古走来，凸现了自己的身份：人类口头及非物质遗产代表作！

荡气回肠的南音，长青不凋！闽南这方水土怀揣着南音的皈依和夙恋，在南音演进发展的流程中，把南音酝酿成闽南的千古绝唱。

南音如琤琮流泉，似纯香醇酒，若甘馨佳茗。聆听南音，品味南音，细细领略其厚重的底蕴，深博的意境，古朴的情怀，丰腴的精粹，齿颊久久留香。

南音，与闽南血肉相连。

（选自“如歌岁月”微信公众平台2019年8月12日）

走过荒芜

_ 王元

好久没有到过那片荒芜的土地，忽然想起来往日的挂念。恰遇天气晴朗，风和日丽，我的双脚就不由自主地迈向那片荒芜。

虽然羊城的夏日酷热，但早晨的风凉爽，晨光柔和。蛙声一直此起彼伏，约好似的鸣唱。夏蝉也不甘寂寞。各种鸟在夏日一样闲不住，早早就起来忙碌了。让我真切感受到夏日羊城早晨的热闹，凝结的心情渐渐打开。

不知是得意忘形还是周遭的环境变化太大，我竟然找不到往日那片荒芜。我失望地在记忆中的那片荒芜之地来回打听，四处寻找。

记忆中的那片荒芜居然变成了高楼大厦，周围是草木葱茏的大花园。因为那座山依然屹立，往日我们在那片荒芜土地上嬉戏打闹的情景历历在目。

很多时候，人们以为日子就像撕下来的日历那样。其实在每个人生命历程当中的点点滴滴，尽管随着岁月流逝而消失，有的忘记了，有的变模糊了，但只要一有机会就会汩汩泉涌，挥之不去。

过去的很多事情我自以为已经忘却，事后证明生命中那些刻骨铭心的事情永远不会忘记，并且时时撞击我的内心，引发我的不安。就是往日的一片荒芜也让我牵挂，我深深体会到心安即归处。

（选自“广东散文诗”微信公众平台2019年12月）

走进南江大峡谷

_江涌

高原腹部的美丽刺青

泼辣大胆的高原姑娘最爱美，要在小腹绣一枝梅花。在这绝世绝美面前，刺青师手里的刻刀有些不听使唤，深深地扎进健硕的胴体：大峡谷，一段蜡梅的枝条，亦是一条生命的激流。梯子寨，是大峡谷这段枝条上一朵怒放的梅花。梅花开放在大山深处，梅香四溢。

南江大峡谷是高原腹部的美丽刺青。美丽刺青走进你的眼里，深入你的心里。当你走过多少路程，脱离城市；当你走过凌空栈道，穿过尘静相连的幽暗隧道，脱离尘世；当你正惊叹这里别有洞天，你的心正在接受一场透彻深刻的洗礼。

蜡梅刺青一定有她的深意，只怨凡人不懂姑娘心。

之晨、午、夜

一

在木屋和树林的隔壁，在梦幻与现实的隔壁，一只山鸟悦耳的小曲叫醒你。

踏着晨曦，震落露滴，顺着河道，循着歌声，小河也在为新的一天来到激动不已。

东山顶探出日头，山里早已沸腾：晨练的，歌唱的，农耕的，打猎的，捕鱼的……

二

日头站在当空停止了脚步，她要看个究竟：南江大峡谷的山、水、人、事。

风的翅膀也懒得扇动，害怕打扰渔翁的垂钓，害怕惊吓了已拴在撑竿上的小兽，害怕吹皱了农田如镜的水面。

布依人正在和水里的鱼、林中的兽智斗、做游戏，布依人正在农田里密密地织慢慢地绣。

三

布依人是一个喜欢水的民族。只要有水，山顶山腰山脚都可以造田，都可以种植水稻。史载布依人是一个“水稻民族”。

水稻收割了，稻草存储起来，稻谷入库。

入夜，一堆堆稻草点燃了，映红了山里四周的崖壁；一坛坛米酒抬上来，烧红了布依人的脸庞。

篝火点亮了夜空，酒意振奋了思想和精神，歌声已传到天外，舞蹈的脚步和鼓点激昂着地心的频率。林子里还在窸窸窣窣，鸟兽们还在享受一天的欢乐，意犹未尽。

（选自“广东散文诗学会”微信公众平台 2019 年 12 月）

种子用坚壳包裹着憧憬

_招小波（香港）

乌云像一顶华盖，笼罩末日在迩的梦。为避免破灭，我一直不愿开始。

种子，是最令人神往的，因为它用坚壳，包裹着一个憧憬。

一个拥抱要等多少年？以度日如年计算，已等了几百年。一首难产的诗，令我夜夜失眠。

敲着木鱼，数着更漏，一个期待的拥抱，像闪电，搂住我的后半生。

整个夜晚，我把电灯点亮又吹熄。我守着一个花苞，等待美丽的一现。

其实，我在等待一场，尚未开始的桃花泛。我在咀嚼莎士比亚的诗：啊，快乐还未诞生，就已经消化了。

如果我是一条河流，只要一只白鹭。如果我是一个茶壶，只要一个壶盖。如果我是一支秤杆，只要一个秤砣。一个知音已经足够，因为影子只有一个。

一旦离开家门，外面的世界总是风沙漫天，我叨念着佛的话，苦海无边。

在尘世转了一圈，我要恭维自己，得以全身而退，没有掉一片绿叶。

（选自“招小波”微信公众平台2019年10月）

午后：燃烧的凤凰花

_ 天涯

在季节拐角处，你突然闯入我的眼眸。张扬、骄傲、恣意，天生的王者。让我想起某个燃烧的岁月，你在风中的样子，多像希望之旗。

激情，越过千山万水而来。无处可逃，那就欣然接受。红，纯粹的红，拒绝暧昧与模糊，似展翅的凤凰，在蓝天下挥洒独有的风采。

我该用何种词汇来形容你的热烈？这融化千年寒冰的温度，能否让怯懦者变得勇敢？你如此陌生，又那样熟悉，而我只与你隔着一个转身的距离。站在你面前，生命中的那些灰暗与苦涩，消失无踪，似乎我从不曾有过那样的经历。你奔放的姿态，是我喜欢的暖，那是另一个隐藏的自己。

春天，在我生活的城市街头，也有一棵棵开满花的树，却没有一朵花似你这般刚硬，有着沸腾的热血，让所有柔弱低下羞愧的头颅。目光充满崇敬，不敢有丝毫的轻薄。甚至连呼吸都安静下来，怕惊扰了你的羽翼。可我又那样渴望，渴望与你偎依或并肩。

这个午后，我在冥想与一棵凤凰树的相遇。没有前世，也无来生，只有这瞬间的定格。

（选自“最诗刊”微信公众平台 2018 年 7 月 18 日）

洮州卫城

_花盛

海浪般的高原低处，是无垠的草地。

草地深处，是掩映在花丛中的江淮人家——

洮州。花儿一样的故乡。

时光的隧道，诉不尽久远的传说，那些被遗留下来的城墙，有着温暖的呼吸，站成我们永不言弃的精神。

行走在城墙之下，每一块砖，都凝聚着我们的汗水、初心和坚守；每走一步，都是一次与历史的深情邂逅。

那些穿城而过的身影，有你也有我，我们在这片古老的热土上，心连心手牵手，像一座座山水相连的大地，相互依存。

（选自“广东散文诗学会”微信平台 2019 年 12 月）

象岗山情思

_王厚基

象岗山不是山，但比崇山峻岭更雄伟壮阔，延绵浩瀚的岭南文脉从这里始发扬帆。

越王台已成尘，但为世人颂吟2000余年，传留下一曲曲流光溢彩的楚庭千古绝唱。

啊，朝汉台、越王井、五仙观、镇海楼、观音山、学海堂、慈云殿、九龙泉、象岗山、越秀山、白云山，钟灵毓秀，吐南越灵秀之气象，观世间烟尘之万变，莽莽苍苍。南越王开发南岭拓土辟疆，为南人后世绘画宏图写下惊天文章，气吞山河，磅礴铿锵。

伫立云山之巅、珠水之滨，松涛如诉，水波酬唱，耳伴一路呢喃的都是羊城沧桑，动人而悠长。

轻抚历史之树的辽远枝叶，在那亘古不老的日月星辰底下，我分明听到了这座南越、南汉、南明“三朝十主”古都的低吟浅唱，她正和像她一样写下从未改变城市中轴世界奇迹，从未迁移人类文明经纬的罗马、亚历山大城一道，向世人讲述一个个真实有趣的神话经典，咏叹东方古韵的源远流长。她正披带上一身浩渺烟波，又从海上丝绸之路的古港启航。

轻轻叩问那一抹越秀古城墙寂静的往事红尘，深吸一口那醇古甘朴的气韵，你就能亲手将一座城市的丰厚丈量，你就像婴儿一样在母亲怀里吮吸这座城市乳汁的甜香，你就会情不自禁地沉醉在一场别样的风花雪月，醉身于与荆楚、吴越、巴蜀迥异的岭南盛宴的芬芳。

（选自“广东散文诗学会”微信公众平台 2019 年 12 月）

我从未遇见真实的老虎（外一章）

_荒林（澳门）

我从未遇见真实的老虎，除了遇见母亲画中纯真的幼虎，尚未睁开丹凤眼。

雏体优美，四爪朴稚，以童子态卧听春风。嗅着野花香，居岩塞之侧。

被诞生且被遗弃于此天堂，食永恒的时光潺潺。

我从未遇见比想象的虎雏更动人的人类

它倾听瓶裂，花落。

朵朵是野性的爪痕。

它是爱着小小山村，爱着不知名的乡间小丫头，陪她在树梢逍遥。凤凰和白天鹅或许飞来。

（选自“荒林”微信公众平台 2019 年 11 月）

奔驰在高速路上

_饶远

高桥分享绿色原野一片片深情，重重隧道穿越巍峨的崇山峻岭。

我的小车亲吻着光洁宽敞的路面，连接了神州四面八方的动感神经。

四车道的血管流着中国的血液，隧道明亮的灯盏串起项链的晶莹，弓形的张力卫护通道安全的背脊，亿万年的荒山野岭在睡梦中惊喜苏醒。

从千米高的天桥上飞驶而过，在巍峨的高山肩膀上呼啸跃进，串起了闭塞万载的乡村城镇。

让迟滞的日子加快脚步跑得轻盈。

不再担心狭窄山道上迎面彷徨，单向的四车道互不干扰。同一方向。

路牌不厌其烦提示我们司机告别迷路，饿了累了，热闹的驿站就在温馨的路旁。

连飞机也感叹高原难越的路障，高速路却激活了偏远生命的激荡。囤积成历史包袱的土产心怀梦想，顺着“一带一路”接驳的线路在境内外飞翔。

人流与产品在高速路上奔驰顺畅，沐浴新时代无限宽慰的黄金时光，打破了地区的藩篱，催化了凝结的淤血与高铁、飞机、海轮同声齐唱。

瓜果笑嘻嘻地登上大卡车出了远门，电器用品走向乡镇让农民在新生活中尽享。山间小路羡慕高速风想把外面的世界打量，甩掉慢吞吞的旧习，梦里插上高速的翅膀。

中国高速这块放射时代风采的大蛋糕，我们会向留在缓慢时间圈的地球子民分送。

紧握手力用高慧的速度提升世界的脉动，演奏一曲践梦的中国歌声亮丽高亢。

我们不会因蜗牛的讥讽把高速减掉，也不怕乌龟拦路而放弃高速带来的高效，让那些异样的眼神去目瞪口呆吧。

（选自“广东散文诗学会”微信公众平台 2019 年 4 月 3 日）

徜徉在春天里

_朱东锷

春风、春雨、春水、春花、春色、春意……春天，像一个万花筒，展示美丽和魅力，展示生命的顽强和伟大。

清澈的小河哗啦啦地奔流着，嫩绿的竹叶，茵茵的小草铺展开一片绿色天地，散发着浓浓的春的气息。

仿佛一夜之间，硕大艳丽的玉堂春已灿烂绽放，红色的、粉色的、白色的杜鹃花满山遍野，一簇簇黄灿灿的黄花风铃木在风中摇曳，一树一树紫色或粉色的紫荆花翩翩起舞……羊城的春天，大街小巷鲜花绽放，木棉花、鸡蛋花、勒杜鹃花、蓝楹花……

清明时节雨纷纷，不觉间，清晨上白云山，在崎岖泥泞的山径上，在杂草丛中，走出心的藩篱，从这一个山头到那一个山头来来回回地巡视，习惯了节假日的繁忙。

银白色的警徽，藏在蓝色的外套上，早已融合在春天里。

是的，春天是从心开始的。

春暖花开，春光明媚，春天的美好，不仅生机灿烂，还让人的心情绽放。

放飞心情，投入大自然的怀抱，呼吸花草的芬芳，焕发生命的力量，让心住进春天，让生命自由地在春天里徜徉。

（选自“广东散文诗学会”微信公众平台 2019 年 10 月）

从容

_剑钧

绿野仙踪，荒漠戈壁，我们从容地行走，带着行走中的从容。荒野踩在脚下，峻岭拥在怀中，苦也从容，乐也从容，满眼都是人生风景。

远航时，我们站在同一条船，唱着同一首歌，亲吻着人生的浪花，从容地迎着生活的风浪，肩并着肩，用微笑面对惊涛的挑战。

一路从容，像大海那般坚毅，挽着狂涛的臂膀，从容地追赶东方的云霞。行进中，我会伴着海风轻声吟唱，那皇家加勒比邮轮的甲板，铺就了情满太平洋的诗行。

归航时，我们将漂泊的船儿驶进家的港湾，围聚一起，从容地品味五彩人生。音乐流淌着绵绵情愫，笑语流露出款款亲情。

一路从容，像远山那般镇定，阅尽山间繁花的烂漫，饱经苍山翠柏的峥嵘，从容地咀嚼平平淡淡的人生，夹杂着生活的甜酸苦辣，倒也很有几分滋味。

我们都是平凡者，都一同前行在人生之旅，潇潇洒洒，从从容容，去领略追求的乐趣，看风也从容，看云也从容，天边尽是人间彩虹。

（选自“散文诗周刊”微信公众平台2019年5月5日）

蓝天下的鸟儿

_陈泗伟

鸟儿啊，你为何远离世俗的噪嚷，面对草原、大海、白云、蓝天，自由地放声歌唱？你是否明白生命不能承受之轻？所以展开轻盈的翅膀，立志四海为家，展翅飞翔！

是啊，无常的天地风雨不断，当人间的烟火带着名利的绳索将你紧紧地捆扎，当复杂的人际关系如充满刀剑的巨网将你推进密不透风的牢笼，我曾看见你跌落在生活的泥潭，残酷的现实让你双翅受伤。那一刻，你挣扎、徘徊、惊恐万状，歌声染满尘埃、失去诗意的灵感，面对伤口，充满绝望！

风雨过后一片晴朗的天。那一天，当绚丽的彩虹喊醒你自由的梦想，你振作起来自己为自己疗伤。那一天，曾经受过伤的你，终于认清自己的方向，你直冲云霄放声歌唱。我终于坚信，受伤的鸟儿依然要飞，你有你坚定的信念，你的家永远在草原、大海、白云、蓝天！

（选自“陈泗伟”微信公众平台2019年10月）

嘿，小镇你好！

_谭晓瑜

春日喜雨，从化南部一隅的小镇——南平，以春雨的喧闹迎接着一批文人墨客的到来。平静的小镇，那阡陌纵横的蜿蜒小路上，有了文人的足迹，于是春色便带着诗意，随着细雨纷飞，和着欢声笑语铺散开去。

雨中撑开的花伞，似春色里绽放的花朵，五颜六色为小镇添加了喜悦。花伞下，躲着一个个与春天一起怦然跳动的心，闭上眼，深深地呼吸，让肺腑与纯净更近，让心情与清新更亲。

一路相伴前行，山色如黛，花香如馨，鸟鸣如铃，耳边萦绕着春色无边的美妙交响曲。绕过月老石的手，裹挟着瞬间的羞涩，带着湿润触碰到了春天的心，如桥下的溪水叮咚作响，清冽冽地流淌起来，淌过曾经的青春，淌过美好的回忆，淌过会心一笑的二十四节气。于是，所有路过的生命，在溪水潺潺声中从立春开始，一起走过了四季。

嘿，小镇你好！幸运能这样与你相遇，在雨中悠闲漫步，慢下的时间让心有了更多的期许，期望在这样静谧的小镇里安家，做一名山野农夫，寄情于山水，静心享受雨露的滋润，有一天蓦然回首，此生美好。

（选自“广东散文诗学会”微信公众平台 2019 年 3 月 29 日）

院中蔬（外一章）

_崔长灿

它，没有高傲地居于田间地头，而是卑微地退守宅院的一角。

天地之风，需要从楼栋间迂回，才能抚慰；日月之光，需要从绿树中穿透，才能幸临；四时之雨，万缕千丝，直落无碍数千尺，只是，屋檐之下，一转身便又是刀削斧劈之力。

它，虽不比田间地头的收获丰盈，倒也能描绘一幅家园美景；

它，虽不比田间地头的生机勃勃，倒也是更加绿色自然；

它，虽不是农夫的一世沧桑，倒也是文人雅士的读书之余；

它，虽不是生命的后盾，倒也能让人捡拾起故园的那一丝柔情；

它，虽不能大济苍生，倒也能满足自己的应急之需。

枇杷树

在北中原，你第一次进入我的视线时，我却不知道你的名字。

你，挣脱地域的羁绊，来到寒冷的北中原，用那点儿可怜的绿意点缀了古老而苍白的冬天。

你，站在北中原初冬的寒冷里，不经许可，不动声色，便悄然绽放出多白绿的小花；你，站在浅夏布谷鸟的唱声里，不知不觉，不声不响，便将占满枝头的青涩苦果，由苦涩变得甜蜜。

——你，就是这样用冬花夏实的方式，改变了北方人们对于人间草木春华秋实的传统认知。

（选自“滑州纵横”微信公众平台2019年11月19日）

认错

_张娜

我真是个荒唐的人。

错把芍药认作了牡丹，把李四认成了张三。

卖花人嗔笑我花王、花相不分，木本、草本难辨，就像怂恿臣子穿上了龙袍。

人啊人，也常会摇身一变。

（选自“滑州纵横”微信公众平台2019年10月21日）